KB263302

굿나잇
Good Night

굿나잇

초판 1쇄 발행 · 2022년 1월 13일

지은이 · 박근호
책임편집 · 오휘명
마케팅 · 김은비
조판 · 유서희
디자인 · 유서희
펴낸곳 · 도서출판 히읏
출판등록 · 2020년 4월 28일 제 2020-000109호
주소 · 03961 서울특별시 마포구 월드컵로 31길 29 2층
전자우편 · heeeutbooks@naver.com

ISBN · 979-11-970875-9-2 (03810)

Good Night

굿나잇

박근호
에세이

프롤로그
Prologue

이 책이 벌써 여섯 번째 책입니다. 여러 번 같은 장르의 책을 쓰면서 항상 이전과는 다른 책을 쓰고 싶다는 생각을 해왔습니다. 어떻게 하면 같은 장르 안에서 다른 느낌을 줄 수 있을까. 오래 고민해서 내린 답은 하나였습니다. 솔직해지는 거였죠. 물론 이전에 했던 작업들이 솔직하지 않았다는 뜻은 아닙니다. 내 안에는 아직 이야기하지 않았지만 솔직해야만 말할 수 있는 게 여전히 남아있을 텐데, 그게 무엇인지를 스스로 찾아보는 시간이 필요했습니다.

이제부터 가장 솔직한 이야기를 할까 합니다. 저는 남들과는 조금 다른 포인트에서 위로를 받을 때가 있습니다. 늦은 시간 집으로 갈 때나 잠이 오지 않는 새벽에, 편의점을 가다가 불이 켜진 집을 발견했을 때입니다. 빼곡한 아파트들 사이로 홀로 불 켜진 집이 보이거나 거실이나 다른 방은 불이 다 꺼져 있는데 덩그러니 불이 하나 켜져 있는 방을 발견할 때입니다. 늦은 시간일수록 더 위로가 됐습니다. 그게 왜 그렇게 위로가 됐었느냐 하면. 바로 제가 쉽게 잠들지 못하는 사람이기 때문입니다.

"어? 저 사람도 아직 안 자네."

혹시 이별했나? 아니면 일하나? 공부하나? 고민이 많나? 나름의 이유를 상상해보고는 했습니다. 뭐가 됐든 아직 안 자는 사람이 나 말고 또 있다는 사실 하나가 그렇게 큰 위로일 수 없었습니다.

사실, 저는 십 년이 넘는 시간 동안 불면증을 앓고 있습니다. 그게 뭐 그리 큰일이냐고 하실 수도 있지만, 생각보다 상태가 안 좋을 때가 많았습니다. 한창 심할 때는 감기에 걸리는 게 기다려질 정도였습니다. 몸이 아픈 상태에서 약을 먹었을 때 잠이 쏟아지는 게 좋았으니까요. 밤에 쉽게 잠들지 못하다 보면 잠이라는 자연스러운 현상이 하나의 일처럼 느껴집니다. 오늘은 과연 일찍 잠들 수 있을까? 그 생각이 머리를 가득 채우는 순간부터 훨씬 더 깊은 늪에 빠지는 기분이 됩니다.

병원의 도움, 시중에서 파는 수면유도제, 우유 데워 마시기, 명상하기, 빗소리나 모닥불 소리 틀어놓기, 운동하기, 카페인 줄이기, 양 세어보기, 드림캐처 걸어두기 등, 할 수 있는 건 다 해봤습니다. 도움이 안 됐던 건 아니지만, 근본적인 해결책이 되어주진 못했습니다. 특히 약이나 술을 먹는 건 최대한 안 하고 싶었습니다.

오랫동안 쉽게 잠들지 못하는 시간을 보내면서 가장 저를 괴롭혔던 건 생각이었습니다. 자려고 누우면 그렇게 여러 가지 생각이 떠오릅니다. 바쁘게 지내느라 잊고 있었던 혹은 애써 외면하고 싶었던 기억들이 하나둘씩 떠오르기 시작합니다. 실수, 상실, 이별, 실패, 설렘, 두근거림, 불안, 걱정, 궁금함과 같은 단어로 대체할 수 있는 생각들이 머리를 가득 채우기 시작합니다. 저는 또다시 저에게 묻기 시작했습니다. 왜 그렇게 생각이 많은 건지를요. 그렇게 오랫동안 스스로에게 물어본 결과, 나름의 답을 찾을 수 있었습니다.

제가 남들보다 조금 더 예민하고 조금 더 행복하고 싶어하고 조금 더 생각이 많은 사람이었던 게 이유였습니다. 불면증을 십 년 넘게 앓으면서 제가 내린 결론은 쉽게 잠들지 못하는 건 마음의 문제일지도 모른다는 거였습니다. 머리만 대면 바로 잠들었던 사람이 어떤 일을 겪고 나서는 쉽게 잠들지 못하게 되는 것도 마음이 잠에 미치는 영향력이 크기 때문일 것입니다. 제게 '요즘 잘 잔다'는 건 '요즘 별일 없이 잘 지낸다'는 말과 같습니다. 아마 저뿐만 아니라 또 누군가에게도 잘 잔다는 게 잘 지낸다는 말과 똑같을 거라고 생각합니다.

　한 번 아파 본 사람은 아픈 사람을 잘 알아볼 수 있다는 말처럼, 오랫동안 쉽게 잠들지 못했으니 그런 사람들의 마음을 조금이나마 알 수 있습니다. 우리 같은 사람들이 밤에 잘 자기 위해서는 평소에 마음을 잘 보살펴주는 게 중요하지 않을까요. 더는 잠이 오지 않을 때 괴로워하기보다는 그 시간을 아름답게 사용하면 좋지 않을까요. 완벽한 도움이 될지는 모르겠지만, 이번 책에는 저를 덮어주고 밝혀주고 안아주었던 이야기들을 담았습니다. 그 누구보다 많은 밤을 지새웠던 제 이야기가 여러분에게 닿았으면 좋겠습니다. 잠 못 드는 밤에 침대가 되어주고 지친 하루에 평안함이 되어주고 삶이 막막하게만 느껴질 때 작은 불빛이 되어줬으면 좋겠습니다.

오늘도 간절히 기대해봅니다.

나도, 당신도, 우리 모두 굿나잇하기를.

잘 지내기를요.

차례

이불
: 나를 덮어주던 것들

침대

: 나를 지탱해주던 것들

스탠드

: 나를 밝혀주던 것들

일러두기

: 저자 고유의 글맛을 살리기 위해 표기와 맞춤법은 저자의 스타일을 따릅니다.

Blanket 나를 덮어주던 것들

제1장

이불

나를 덮어주던 것들

최고의 불면증 치료제
Medicine

이십 대 중반까지만 해도 집에 친구들을 자주 불렀다. 우리집이 자주 비는 이유도 있었고 친구들을 초대해서 요리해주는 것도 좋아했으니까. 지금은 일 년에 얼굴 한 번 보기도 힘들지만 그땐 대부분 같은 동네에 살고 있었고 모두에게 시간도 넘쳐났기 때문도 크다. 게임이나 연애 그리고 군대가 인생의 전부였던 시절이니 별 시답지 않은 이야기

로 늦게까지 수다를 떨거나 TV를 보는 게 전부였지만 말이
다. 보통 친한 친구들이 놀러 올 때면 한 명만 오는 게 아니
라 두세 명씩 오고는 했는데, 잘 때가 되면 한 명은 방에서
두 명은 거실에서 자는 식이었다. 물론 그때도 내가 제일
늦게 자는 사람에 속했다.

처음에는 그냥 친구들과 노는 게 좋아서 자주 집으로 초
대한다고 생각했었다. 요리하는 것도 좋아하고 요리해서
먹이는 것도 좋아하고 시끄러운 곳보단 조용한 곳을 좋아
하니 집보다 나은 곳도 없다고 생각했었다. 그런 것도 이유
중 하나였겠지만 진짜 이유가 하나 더 있었다. 모두가 잠
들고 나만 잠들지 못하던 여느 밤과 똑같은 날에 자고 있는
친구들을 가만히 바라본 적이 있다. 내 옆에서 잠든 친구들
의 얼굴을 하나씩 바라보며 느꼈던 건, 아, 이렇게 잠들지
못하는 밤에 누군가가 옆에 있다는 것만으로도 마음이 편
안해진다는 사실이었다. 물론 잠을 잘 때 나는 온갖 소리와
누군가가 옆에 있다는 불편함도 있지만, 그것보단 마음이
편안해지는 게 더 크게 다가왔다. 어쩌면 내가 그렇게 친구
들을 초대했던 건 옆에 누군가가 있으면 잠이 오지 않는 새

벽이 안정적으로 느껴진다는 걸 몸이 먼저 느꼈기 때문일
지도 모른다.

생각해보면 그때가 한창 방황을 많이 하던 시기였다. 지
금은 그래도 잠 못 드는 시간을 즐기려고 노력하는 편인데
그땐 정말 괴롭게 느껴지던 시기였다. 전부라고 생각했던
꿈에 대한 내 재능이 의심스러웠는데, 심지어 사랑도 너무
어려웠던 시절이었다. 게다가 내 의지와는 다르게 겪었던
큰일들을 잘 추스르지 못하고 억누르고 또 억누르고만 있
었다. 어떻게 해소하는지는 하나도 모르는 상태로 말이다.
하지만 그런 밤에도 친구들과 웃고 떠들고 함께 있으면 조
금은 괜찮아지는 기분이 들었다.

누군가가 옆에 있다는 사실만으로도 새벽이 조금은 괜찮
아지는구나 싶었던 생각은 몇 해가 지나지 않아서 확신으
로 바뀌었다. 난 모든 연애를 할 때 내 연인보다 일찍 잠들
어본 적이 없다. 밤을 새우거나 아프거나 잠깐 졸았던 게 아
닌 이상 내가 먼저 자는 일은 없었다. 공감 능력이 거의 제
로에 가깝던 한 명을 빼고는 대부분 내 불면증을 걱정해줬

다. 그게 진심이었는지 진심이 아니었는지는 모르겠지만.

　몇 번의 만남과 이별을 겪은 후 다시 한 사람을 만났을 때의 이야기다. 그 사람은 진짜 내 모습 그대로를 다 보여줘도 괜찮다고 느껴질 만큼 나를 사랑해주는 사람이었다. 그녀만큼은 내 불면증을 진심으로 걱정해줬었다. 문제는 함께 있을 때면 내가 더 먼저 잠들었다는 것이다. 그녀는 재밌게 TV를 보고 있는데 나는 거의 정신을 못 차릴 정도로 잠을 잘 때가 많았다. 가끔 그런 내 모습을 보면서 그녀는 불면증 맞냐고 놀리기도 했었다. 불면증이 아니라 너무 잘 먹고 잘 자는 것 같은데 혹시 돼지가 아니냐면서.

　그때가 한 번 더 확신하게 되는 날이었다. 진짜 내 있는 모습 그대로를 보여줘도 되는 사람, 그런 사람을 껴안고 누워있을 때면 아무런 걱정도 고민도 불안도 떠오르지 않는다는 걸. 그래서 나는 그 사람을 껴안고 있을 때면 그렇게 잠이 잘 왔다. 어쩌면 최고의 불면증 치료제는 사랑하는 사람의 체온일지도 모른다.

내가 나를 미워하는 밤
Night

왜 슬프고 아픈 기억은 밤에 더 잘 떠오르는 걸까. 고요하기 때문일까. 낮엔 먹고 사느라 바빠서 자신을 마주할 시간이 없었기 때문일까. 밤은 어딘가 모르게 낮보다 서정적이다. 조용하고 차분하며, 진솔하고 위험한 시간이다.

밤에 유독 감성적으로 변하고 우울한 상태가 되는 건 과학적으로도 검증된 이야기다. 마음이 아파서 병원에 찾아갔을 때 대부분 하는 이야기는 비슷하다. "규칙적인 생활과 운동을 자주 하고 햇빛 많이 보세요." 햇빛을 많이 보라고 이야기하는 이유는 세로토닌이라는 호르몬 때문이다. 세로토닌이 많이 분비되면 기분이 좋아지는데 밤에는 햇빛을 받을 수 없으니 세로토닌 분비량이 줄어들면서 우울함, 불안감 등이 더 크게 느껴지는 것이다.

이렇게 과학적인 설명을 짧게나마 나열한 건 당신의 밤에 정당성을 부여하기 위해서였다. 당신과 나의 밤이 우울하고 슬픈 건 당연한 일이라는 걸 설명하기 위해서였다. 많은 사람이 잠 못 드는 밤이면 자기혐오를 한다. 단어가 조금 강할 뿐이지 자기 자신을 스스로 미워하고 싫어하는 행위를 통틀어서 자기혐오라고 부른다. 정도의 차이만 있을 뿐이지 밤에 스스로를 한 번도 미워하지 않은 사람보다 미워했던 사람이 훨씬 더 많을 거라고 생각한다.

때로는 이유가 있어서 내가 싫고 때로는 이유도 없이 내가 싫을 수도 있다. 나도 내가 가끔은 죽일 듯이 미울 때가 있다. 대부분 내가 나를 미워했던 순간은 내가 원했던 기대치만큼 무언가를 해내지 못했을 때였다. 내가 노력하고 기대한 건 10이었는데 막상 내가 도달한 건 5밖에 되지 않았을 때, 그때 나는 나를 가장 미워했었다. 왜 그것밖에 못 했을까. 내가 앞으로 잘해나갈 수 있을까. 어떻게 해야 잘할 수 있을까. 깊은 밤이면 그런 생각 속에 빠져 있다가 그럼 내가 원하는 기대치만큼 무언가를 만들어낼 수 있는 사람이 되자면서 힘을 내고는 했지만, 그래도 내가 미운 건 어쩔 수가 없었다.

나는 왜 나에게 기대했을까? 그리고 그 기대가 충족하지 못했을 때 왜 그렇게 나를 미워했을까? 그런 밤을 몇 번 보내고 깨달은 건, 그 누구보다 내가 잘됐으면 좋겠다고 생각하는 건 바로 나 자신이었다는 점이었다. 제일 잘 됐으면 하니까, 또 어떤 시간을 보내왔는지 아니까, 미운 정 고운 정 다 들어있으니 기대도 하고 실망도 했던 것이다. 나는 또다시 나에게 묻기 시작했다. 그럼 그때 내게 진짜 필요했던 말은 무엇일까? 다른 사람들이 나보다 훨씬 더 좋은 사람처럼 보일 때, 내가 나 스스로에 대한 가치와 재능과 잠재력을 의심하던 그 밤에, 깊은 자기혐오에 빠진 나에게 어떤 말이 필요했던 걸까? 그때 나에게 필요했던 말은 넌 잘 할 수 있어, 넌 최고야, 역시 그럴 줄 알았어, 대단해, 대견해, 이런 말들이 아니었다. 그때 나에게 정말 필요했던 말은 못해도 괜찮다는 말이었다. 잘할 수 있을 거라는 말이 아니라 못해도 괜찮아. 그것 좀 안 되면 어때서? 이 말이 내게 가장 필요했다고 생각한다.

자기 자신을 미워한다는 건 자기 자신을 사랑하지 못한다는 것과 같은 말일까? 아니, 어쩌면 자기 자신을 미워한다는 건 자기 자신을 그 누구보다 사랑하고 있다는 것과 같은 말일지도 모른다. 흔히 자기 자신을 믿어주는 것의 시작은 스스로를 칭찬하고 예뻐해 주는 거라는 말을 하고는 한다. 하지만 내가 나를 믿어주는 방법을 모르는 사람들에게 필요한 건 오히려 그 반대가 아닐까. 난 잘할 거야, 난 최고야라고 스스로를 쓰다듬는 게 아니라 때로는 실패하고 때로는 부족하고 때로는 잘 못 할지라도 괜찮다고 말해주는 거. 그게 자신을 믿어주는 방법의 시작이 아닐까. 못해도 괜찮다. 실수해도 괜찮다. 그것 좀 안 되면 어때서?

나쁜 실수와 좋은 실수
Mistake

"아, 그때 왜 그랬을까."

잠이 오지 않는 밤이면 유독 예전에 저지른 실수가 자주 떠오른다. 평상시에도 떠오르기는 하지만 잠이 오지 않는 밤에는 빈도가 더 잦다. 꼭 누가 일부러 괴롭히기라도 하는 것처럼. 실수 한 가지가 떠오르기 시작하는 순간부터 걷잡을 수 없이 다른 기억이 함께 떠오른다. 그때 왜 그런 말을 했을까. 다른 선택을 했으면 결과가 달라졌을까. 만약 그때 그랬다면 지금 어땠을까. 왜 그런 말을 하지 않았을까.

그쯤 되면 어디서부터 이 생각을 멈춰야 하는지 또 어떻게 해야 마침표를 찍을 수 있을지 알 수 없게 된다. 의미도 없이 이미 지나간 일만 계속 떠올리게 되는 것이다. 그런 날을 오래 보내면서 하나 알게 된 건 실수도 좋은 실수와 나쁜 실수 두 가지로 나뉜다는 거였다. 어떻게 실수가 좋을 수 있겠냐는 생각이 들 수 있지만, 실제로 좋은 실수라는 건 존재한다. 넘어져야 일어나는 법을 배우게 되는 것처럼 실수해야만 알 수 있는 것들이 있다. 오답을 적었기 때문에 정답을 알게 되는 경우가 살아가다 보면 생각보다 자주 생긴다는 뜻이다.

예전에 한 동생과 함께 일한 적이 있었다. 나와 그 동생을 아는 모든 사람이 그 동생과 일하는 것을 말렸다. 나보다 먼저 함께 일을 해봤던 사람들도 있었고 그 동생이 어떤 사람인지 나보다 더 자세히 아는 사람들도 있었다. 하지만 정작 동생은 그들이 내게 알려준 안 좋은 모습을 단 하나도 보여주지 않았다. 그렇게 호기롭게 함께 일하자며 손을 맞잡았지만, 결과는 몇 개월 지나지 않아서 파국으로 치달았다. 그때 배운 사실 한 가지는 모든 사람이 말린다면, 그것도 그냥 말리는 게 아니라 쌍심지를 켜고 말린다면 한 번쯤은 두드려보고 건널 필요도 있다는 사실이었다.

반대로 나쁜 실수는 이미 지나간 일이고 어떻게 할 수 없는데 거기서 교훈을 찾기보다는 그저 나를 괴롭히는 실수를 말한다. 이미 지나간 일을 보내주지 못한 상태로 계속 붙잡아두게 하는 것. 그리고 그 상태에서 자꾸 그 실수를 자기 마음 안으로 파고들게끔 하는 건 명백히 나쁜 실수에 해당한다. 나쁜 실수에 대한 예전의 기억을 하나 말하고 싶지만, 어떤 걸 골라야 할지 모를 정도로 많다. 잘해보고 싶었던 마음만큼 실수했을 때의 후회도 깊게 남는 법이니까. 보내줘야 하는데 보내주지 못하고 잡아두는 기억이 어디 한두 개일까.

삶은 예측할 수 없는 일의 연속이니 내가 의도하지 않은 결과가 나오는 것은 앞으로도 여전할 것이다. 다만 어차피 피할 수 없는 거라면 최대한 나쁜 실수를 줄이고 좋은 실수를 늘려가는 게 중요하지 않을까. 그럼 괴로운 기억보다 무언가를 배웠다는 게 더 크게 느껴질 테니까. 하지만 나쁜 실수가 있고 좋은 실수가 있다는 건 알겠지만 아직도 모르겠는 건, 사랑하는 사람이 그랬다면 괜찮아, 그럴 수 있는 일이지. 정말 괜찮아, 라고 말할 일이 왜 내가 그랬을 땐 도무지 용서가 안 되는 건지. 다음번에 잘해보면 되잖아, 그래도 많은 걸 배웠잖아라고 말해줄 텐데 내가 그러면 왜 밤마다 나를 괴롭히는 걸까. 나도 정말 그럴 수 있는 일이었을 텐데.

헤어지고 했던 행동 중에
가장 후회되는 것
Regret

우연히 이별한 지 한참 된 옛 애인에게 보낸 메시지를 발견했다. 끔찍했다. 조금 읽다가 내가 불쌍해서 포기했다. 그때 내가 했던 행동은 구차한 구걸에 가까웠다. 부끄럽기도 하고 안쓰럽기도 해서 도저히 끝까지 읽을 수가 없었다. 시간이 한참 흐른 일이지만, 그때 얼마나 힘들었는지는 아직 생생하게 기억난다. 제발 좀 나를 봐 달라면서 잘못한 것도 없는데 계속 미안하다고 사과하는 날의 연속이었다. 다시 잘해보자고 우린 충분히 그럴 수 있는 사이라면서 구차한 설명을 길게 늘어놓았다.

그다지 문제가 있었던 것도 아닌데 왜 헤어졌을까? 지금 생각해보니, 그냥 딱 사랑이 거기까지였던 것 같다. 내가 모든 걸 다 내려놓고 간절하게 매달릴 만큼 그 친구를 좋아했던 것과 그런 나에게 그 사람이 평생 기억에 남을 만한 못된 짓만 골라서 했던 건 사랑의 크기가 달랐기 때문이다. 그땐 그 사실을 죽어도 인정할 수가 없었다. 내가 좋아하는 만큼 그 사람도 나를 좋아할 거라고 생각했으니까. 그 사람을 좋아했던 시간 전체를 부정하려는 건 아니다. 어차피 인생에서 한 번 겪었어야 할 처절한 이별이었을 뿐, 그 사람을 사랑했던 시간까지 부정하고 싶지는 않다. 다만 이별하고 나서 했던 실수에 대해서 말하고 싶을 뿐이다.

한창 친구들과 술 마시면서 놀 나이였는데도 도무지 밖에 나갈 마음이 아니어서 매일 집에 있었다. 그런 밤이면 꼭 친구들이 그녀의 소식을 전해왔다. 대부분 어디서 누구랑 술을 마시고 있다는 내용이었다. 듣고 싶지 않은 이야기를 듣고 나면 더 밖으로 나갈 수가 없었다. 혹시라도 마주치면 그 사람이 미울 것 같았고 내가 무너질 것 같아서였다. 멍하니 침대에 누워 슬픈 음악만 들으면서 밥도 제대로 먹지 않고 잠도 제대로 자지 않은 상태로 아침을 맞이했다. 얼마나 나 자신이 초라하게 느껴졌는지 모른다.

그 영겁과 같은 시간에 주로 했던 생각은 모든 경우의 수를 대입해보는 거였다. '그때 내가 그러지 않았다면 우리가 달라졌을까?' 그런 생각을 가장 많이 했었다. 내가 그러지 않았더라면. 그때 내가 이렇게 했더라면…

모든 경우의 수를 대입해보는 것만큼 자존감이 낮아지는 일도 없다. 머리카락이 빠질 만큼 스트레스를 받았고 내가 세상에서 가장 보잘것없는 사람처럼 느껴지기도 했다. 그리고 그렇게 된 이유 중에는 내 잘못도 있다고 생각한다. 모든 경우의 수를 대입하면 다 아쉽게 느껴진다. 이별하지 않고 여전히 아름다운 사랑을 하고 있을 것 같은 기분이 든다. 하지만 헤어지고 나서 지난 시간 속에 숨어있는 변수를 찾는 건 '후행성 지표'일 뿐이다. 이미 일어난 상태에서 되돌아봤기 때문에 보이는 것일 뿐이지, 그 시간 속에 속해 있었다면 다시 모르고 넘어갔을 일이 많았을 거라는 말이다. 혹시나 수억 분의 일의 확률로 다시 과거로 돌아가서 내가 대입했던 모든 경우의 수를 그대로 실행한다고 해도 이별하지 않을 거라고 보장할 수는 없다. 연인관계, 사람과 사람, 마음과 마음은 헤아릴 수도 없을 정도로 복잡하게 얽혀 있으니까.

만약 어딘가에 이별의 아픔으로 잠 못 드는 사람이 있다면, 모든 경우의 수를 대입하는 일만큼은 하지 않았으면 좋겠다. 그 행동은 지나간 시간을 억지로 꼭 껴안고 있는 것과 똑같다. 이미 떠나간 것은 보내줘야 내가 안 아픈 법인데 그 생각을 버리지 않는 이상 과거는 과거 아니라 현재일 것이다. 그럼 다시 또 자존감이 낮아지기 시작하고 이별로 인해 낮아진 자존감은 다음 사랑에도 큰 영향력을 미치게 된다. 다신 사랑할 수 없을 것 같은 기분을 느끼고 과연 내가 누군가에게 사랑받을 만한 존재인지를 의심하게 된다.

그런 날이 있었을 것이다. 무지개가 예쁘게 떠서 사진을 여러 번 찍었던 날. 비정상적으로 예쁜 구름 때문에 걷다 말고 하늘 사진을 여러 번 찍었던 날. 다 괜찮다고 말해주는 것처럼 함박눈이 내리던 날. 사람들은 보통 그럴 때마다 그것들을 보며 예쁘다고만 생각한다. 하지만 당신은 알았으면 한다. 예고도 없이 비가 엄청 많이 내렸기 때문에 무지개가 뜬 거라는 걸. 옷을 몇 겹 껴입어도 몸이 시릴 만큼 추웠기 때문에 함박눈이 내렸다는 걸. 힘들 땐 힘든 게 영원할 것 같이 느껴지지만 그래도 잊지 않았으면 좋겠다. 무지개는 비가 와야 뜬다는 걸. 슬프고 힘든 일이 일어나야 우리에게 아름다운 일도 찾아온다는 걸.

잠 못 들 정도로 괴로운 이별을 했다면
자존감이 바닥을 칠 만큼 그 사람이 나를 아프게 했다면

이제 선물 같은 사람을 만날 차례다.

새벽 다섯 시면 걸려오는 전화

Ring

한 살 한 살 나이를 먹다 보면 별다른 새로운 일이 없어진다. 다 해봤던 거거나 안 해봤던 것도 해봤던 거랑 비슷한 경우가 대부분이다. 그랬던 일상에 요즘은 신선한 일이 하나 생겼다. 새벽 다섯 시면 전화 한 통이 걸려온다. 처음 친구에게 전화가 왔을 땐 술을 마신 줄 알았다. 나와 내 친구들은 남자들끼리도 서로 전화를 자주 하고는 했으니까.

술 마신 거 같아서 대충 전화를 받았더니 운전하는 소리가 나는 게 아닌가. 어디냐고 물었더니 집으로 돌아가는 길이란다. 이 시간까지 뭐 했냐고 물어보니 출근하는 아내를 데려다주고 집으로 돌아가는 길이란다. 졸려 죽겠는데 너는 안 자고 있을 것 같아서 전화를 했단다.

얼마 전에 결혼을 했는데 결혼한 뒤로는 스케줄 근무를 하는 아내가 새벽에 출근할 때면 공항까지 데려다주고 있단다. 짜식 많이 컸다면서 별 대수롭지 않은 이야기를 하다가 전화를 끊은 게 전부지만 새벽 다섯 시에 걸려오는 전화를 받는 일은 꽤 신선한 일이었다. 며칠 전에도 늦게까지 작업을 하고 있었는데 전화가 왔다. 오늘도 데려다주는 길이냐면서 소소한 이야기를 나누다가 문득 이게 좋은 글감이 될 것 같다는 생각이 들었다. 이야기를 잘 나눠보면 글로 쓸 수 있을 것 같으니 몇 가지만 묻겠다고 했다. 데려다주고 돌아가는 기분이 어떠냐고 물었더니 이런 대답이 돌아왔다.

"어떻긴 어때. 택시비 2만 5천 원 굳었다.
이 생각뿐이지."

장난하지 말고 제대로 말해보라니까 또 이런 대답을 한다.

"우리 집 강아지가 제일 부러워.
지금 얼마나 푹 잘 자고 있는데.
다음 생에는 우리 강아지로 태어날래."

진짜 장난하지 말고 제대로 말해보라니까 또 이런 대답
을 한다.

"졸려 죽겠어.
얼른 가서 두 시간 자고 출근해야지.
오늘도 개미는 뚠뚠."

진지함이라고는 찾아볼 수 없는 친구라 내가 괜한 질문
을 한 것 같아서 전화를 끊는 게 좋을 것 같다는 생각이 들
었다. 그렇게 피곤하면 택시 타고 출근하면 되는 거 아니냐
니까 그제야 이런 대답을 한다.

"에이, 그래도 어떻게 그래. 새벽에 위험하게."

그 대답을 듣고 나서야 예전에 했던 생각이 다시 떠오르면서 글을 쓸 수 있을 것 같았다. 과연 내가 저 대화 속에서 얻은 영감은 무엇일까? 오래된 친구가 글 좀 쓰게 도와달라는데 이상한 대답만 하는 데에서 오는 불협화음? 인터뷰의 실패? 아니다. 나는 사랑을 하고 있는 사람에게서만 관찰할 수 있는 하나의 특징을 이야기하고 싶다. 어느 날은 누나한테 저녁 먹었냐고 물어보니 매형이 저녁을 자주 해 준다는 이야기를 한 적이 있다. 근데 그때마다 고기를 구워 준다면서 불평 아닌 불평을 하고는 했었는데 말과는 다르게 얼굴은 웃고 있었다. 또 어느 날은 작업실에서 친구가 평소에 안 먹던 약을 챙겨 먹길래 무슨 약인지 물어봤던 적이 있다. 친구는 아, 몰라, 여자친구가 챙겨 먹으라면서 사줬다는 불평 섞인 말을 늘어놓았는데 말과는 다르게 눈은 웃고 있었다.

누가 봐도 사랑하고 사랑 받고 있어야만 할 수 있는 행동을 주고받고 있으면서 쌀쌀맞게 말을 하는 모습을 볼 때가 있다. 또 말은 쌀쌀맞고 정 없게 하는데 표정이나 행동에는 누가 봐도 사랑이 가득한 그런 모습. 왜 그런 건지는 도무

지 모르겠지만, 사랑 가득한 사랑을 하고 있는 사람들에게
서 볼 수 있는 귀여운 모습 중 하나다.

가만히 누워만 있고 싶은 날
Still

자리에서 벌떡 일어나 거실을 빙빙 돌았다. 격투기 선수처럼 허공에 주먹을 날리다가 머리를 쥐어뜯다가 벽에 가만히 이마를 대고 있었다. 소파에 앉아서 평소에 절대 찍지 않는 내 사진을 찍다가 노래를 흥얼거리다 강변북로를 달렸다. 아무도 없는 버스 정류장에 혼자 한 시간 앉아있다가 동네 공원을 뛰다가 어릴 때 엄마가 읽던 책을 읽었다. 원고 마감이 가까워질 때면 나타나는 증상들이다. 스트레스가 쌓이는 만큼 충동성이 심해진다.

나는 내가 하는 모든 일이 타인과의 싸움이 아니라 자신과의 싸움이라는 생각을 자주 한다. 내가 어떤 사람보다 더 멋있는 창작물을 만들어내야 하는 게 아니라 쉬고 싶을 때 한 번이라도 더 일어나서 글을 썼는지, 남들은 다 잘 때 혼자 얼마나 늦게까지 하나라도 더 공부하겠다고 졸린 눈을 비볐는지가 앞으로의 결과를 만든다고 생각하는 편이다. 나를 포함한 많은 사람이 그렇듯, 지금 내가 하는 일에도 정답은 없다. 기준도 없다. 그리고 누가 내 선택을 도와주지도 않는다. 결국 어떤 글을 써야 하고 어떤 모습으로 사람들에게 보이고 어떤 작업을 이어갈지는 오로지 내 선택인 것이다.

이런 날을 매일같이 보내다 보면 생각보다 슬럼프가 자주 찾아온다. 충동성이 심하게 드러날 정도로 스트레스가 쌓이면 해외로 잠시 도망갔다가 오기도 했는데 요즘은 그것도 힘드니 오죽할까. 아무리 붙잡고 늘어져도 내가 쓰는 글이 하나도 마음에 들지 않는 날이 있다. 좋은 글을 쓰는 게 내 인생의 가장 큰 목표였으니 글에 관한 슬럼프는 곧 삶 전반으로 퍼지기 시작한다. 글이 안 써질 뿐인데 삶 전체가 밋밋하고 우울하고 무기력해진다. 나와 다른 삶을 사는 사람에게는 글을 일이나 학업, 취업, 꿈 같은 것으로 바꾸면 이해가 쉽지 않을까 한다. 지금 자신의 삶에서 가장 중요하다고 생각하는 게 잘 풀리지 않는 것만큼 괴로운 것도 없다.

슬럼프가 정말 무서운 것은 점점 내성이 생긴다는 것이다. 예전에 슬럼프를 극복했던 방법을 몇 번 사용하다 보면 어느새 내성이 생겨서 그 방법으로는 똑같은 슬럼프를 극복하기 어려워진다. 더 두려운 것은 뭔가 잘못된 거 같은데 어디가 잘못됐는지 알 수 없다는 것과 지금 느끼는 이 감정이 영원히 사라지지 않을 것 같은 기분이 든다는 것이다. 어떤 사람들은 규칙적인 생활을 하라고 말한다. 일찍 자고 일찍 일어나고 때맞춰 밥 챙겨 먹고 삶의 작은 변화를 주는 것도 좋다고 말한다. 하지만 누구나 다 알고 있을 법한 정답에는 때론 이상한 거부감이 들 때가 있다.

여느 날과 비슷한 하루였다. 집에 있다가 도저히 안 될 것 같아서 외출을 하고 저녁에 집으로 돌아왔는데 나도 모르게 엘리베이터에서 콧노래를 흥얼거리고 있었다. 짧은 외출을 했을 뿐인데 도대체 기분이 왜 그렇게 좋아진 걸까 싶어서 그날 있었던 일을 하나씩 되감아봤다. 평소와 많이 다르지 않은 하루 같았지만 그날 했던 일들에서 공통점을 하나 찾을 수 있었다. 아름답다는 말을 자주 뱉었다는 것이다. 주인의 취향이 가득 묻어나는 작은 서점에 오래 있었던 것. 놀이터에 앉아 아이들이 뛰어노는 모습을 본 것. 길고양이 두 마리가 평화롭게 졸고 있는 모습을 구경한 것. 집으로 돌아오는 차 안에서는 요즘 푹 빠진 가수의 노래를 흥얼거렸던 것. 보고 싶은 사람에게 이유 없이 먼저 전화를 걸었던 것. 길가에 핀 이름 모를 꽃의 사진을 찍은 것. 평소와 비슷한 하루였지만 아름답다고 말할 수 있을 만한 행동을 유독 많이 한 날이었다.

어쩌면 슬럼프라는 건 지금 내 마음 어딘가가 탁해져 있으니 맑게 정화 좀 시켜달라는 하나의 신호가 아닐까. 그리고 탁해진 마음을 맑게 하는 데 가장 좋은 건 아름다운 것들을 많이 접하는 게 아닐까. 세상에 여전히 아름다운 것들이 많다는 것을 느끼고 나면 이상하게 기분이 괜찮아진다. 그리고 다행인 것은 아름다운 것에는 내성이 생기지 않는다는 것이다. 아름다운 건 언제나 아름다운 법이니까.

요즘 멈춰 있는 기분이 들거나
무기력하다면 스스로에게 물어보는 것도 좋겠다.

내가 마지막으로 아름다운 걸 본 게 언제였지?

낭만

Romance

갑자기 왜 그런 생각이 들었는지 모르겠다. 평소와 다를 바 없는 밤이었다. 그날도 다른 날과 마찬가지로 늦은 시간까지 서재에서 작업을 하고 있었다. 낮에 같이 작업하는 친구들을 만나기로 했었는데 도저히 움직일 시간조차 나지 않아서 내일 보자는 말을 하고 한참을 서재에 있었다. 점심은 먹은 기억이 있는데 저녁은 먹었는지 먹지 않았는지

조차 기억나지 않았다. 비가 왔던 것 같기도 하고 눈이 내렸던 것 같기도 하다. 낮부터 작업을 하고 있었는데 어느새 시간이 흘러 새벽 한 시가 다 되어가고 있었다. 멍하니 앉아 있는데, 정말 별안간에 작업실에 있는 크리스마스 트리가 생각난 것이다. 창고 어딘가에 있을 크리스마스 트리가.

조금도 주저하지 않고 지하주차장으로 내려갔다. 새벽한 시에 한적한 도로를 달려 작업실에 도착하자마자 무슨 급한 일이 있는 사람처럼 겉옷을 벗고 창고 문을 열었다. 크리스마스 트리는 창고에 넣은 뒤로 흘러간 시간을 보여주듯 가장 아래에 자리를 잡고 있었다. 혼자서는 다 꺼낼 수 없을 만큼의 짐이 쌓여 있었다. 왜 그랬는지 모르겠다. 잠깐 멈출 법도 한데 일말의 고민도 하지 않고 모든 짐을 하나씩 꺼내기 시작했다. 의자, 난로, 꽃병 같은 잡동사니를 하나씩 다 꺼내자 마침내 가장 아래에 있던 트리의 전체적인 모습이 보였다.

작업실 한가운데에 트리를 설치하기 시작했다. 새벽에

혼자, 그것도 한겨울에 땀을 삘삘 흘리면서 트리를 설치하는 내 모습을 보면서 스스로 좀 궁금해지기 시작했다. 갑자기 왜 이러는 걸까? 같이 고생하는 친구들에게 미안해서 이러는 걸까? 이거라도 보고 잠깐 힘내라고? 아니면 단순히 연말이라서 이러는 걸까? 아니면 정말 그냥 크리스마스 트리가 보고 싶은 걸까? 기분은 왜 좋은 걸까? 이유를 알지 못하는 채로 본능에 이끌리듯 설치를 마치고 마지막으로 전구를 감았다. 트리의 불을 켜보려고 하는데 불이 안 켜졌다. 콘센트의 문제인가 싶어서 작업실에 있는 모든 콘센트에 연결해봤지만 불은 들어오지 않았다. 한참 예전에 산 전구가 고장이 난 모양이었다. 하긴, 몇 년 전에 산 전구인데 아직까지 고장 나지 않은 게 이상할 정도였다.

불이 들어오지 않는 전구가 감겨 있는 트리를 보면서 속상해야 정상이었을 것이다. 이거 하나만을 위해서 그 새벽에 나왔으니까. 근데 오히려 기분이 안 좋기는커녕 불이 들어오지 않는 반쪽짜리 트리를 바라보면서 배시시 웃음이 났다. 그제야 갑자기 떠오른 트리를 설치하러 나왔던 게 왜 기분 좋았는지를 알 수 있었다.

“아, 나한테도 낭만이 남아 있구나.
크리스마스 트리를 갑자기 설치하고 싶다는 이유로
그 새벽에 집에서 나올 낭만이 남아 있구나.”

일상이 반복될수록, 그리고 그런 시간이 길어질수록 제
일 먼저 사라지는 건 낭만이다. 예전에는 밤바다를 보러 곧
잘 떠나기도 했었고 문득 어떤 충동에 이끌려 터미널에서
낯선 곳으로 가는 버스를 탔던 적도 있다. 어떤 풍경이 아
름답다는 이유로 그 자리에 오래 앉아 있기도 했다. 낭만
이라 부를 수 있는 것들을 그렇게 주저하지 않고 하고는 했
는데, 어느 순간부터는 그러는 일이 줄어들기 시작했다. 먹
던 것만 먹고 하던 일만 하고 만나던 사람만 만났다. 내가
생각한 익숙하고 안전한 범위 안에서만 생활하는 나를 볼
수 있었다. 어쩌면 갑자기 떠오른 크리스마스 트리를 설치
하러 나온 오늘의 행동은 아직 내 마음속 깊은 곳에 낭만이
살아있다는 걸 내가 나에게 말해주고 있는 걸지도 모른다
는 생각을 했다.

내일도 오늘과 비슷할 것이다. 그리고 모레도 오늘과 비

숫할 것이다. 일상은 반복되고 나는 점점 더 그런 일상의 무료함에 익숙해지겠지. 그래도 낭만을 잃지 않으려 노력하고 싶다. 이별한 친구가 있으면 늦게까지 술을 마시고 축하해줄 일이 있으면 어깨동무하고 길거리를 걷고 싶다. 밤바다가 보고 싶다는 이유로 기차에 올라타고 싶다. 너무 어두워서 바다가 제대로 보이지 않더라도 말이다. 낭만 있게 살자. 낭만만은 잃지 말자.

10년 만에 만난 대학 친구 1

Friend

서로 함께한 시간은 두 달 남짓.

매년 얼굴 보자고 이야기하면서 실제로 안 만난 지는 십 년이 됐음.

그러다 결국 십 년 만에 만났는데 시간 가는 줄 모르고 이야기를 나눴음.

과연 앞에 놓인 문장들이 자연스레 연결되는 문장들인가 싶으시겠지만, 실제로 있었던 일입니다. 며칠 전에 십 년 만에 대학 동기들을 만났습니다. 동기라고 말하는 것도 쑥스러운 이유는 제가 대학교를 45일 정도밖에 다니지 않았기 때문입니다. 심지어 한 번 자퇴했다가 다시 입학한 학교였는데 중간고사를 보고 그 뒤로 학교를 나가지 않았습니다. 그해 가을 저는 입대를 했고 전역하고 나서는 사회에 뛰어들겠다며 복학을 하지 않았습니다. 매번 학기가 시작되기 전에 꼬박꼬박 휴학 신청을 하다가 몇 년 정도 흐르니 그것조차 잊어버리는 바람에 퇴학 처리가 됐습니다. 그러니까 실제로 그 친구들과 함께 시간을 보낸 건 두 달 정도입니다. 게다가 저는 지금 학업과는 전혀 다른 글 쓰는 일을 업으로 삼고 있습니다.

저 포함해서 총 세 명이 함께 다녔습니다. 한 명은 저보다 한 살 어리고 또 한 명은 저랑 나이가 같습니다. 올해는 얼굴 보자, 얼굴 보자 그렇게 이야기를 나누다가 십 년이나 만나지 않았으면서 이번에는 도무지 어떤 마음으로 갑자기 만나게 된 건지는 아직도 모르겠습니다. 합정동에 있는 작은 이자카야에서 만났습니다. 저는 대학교 생활을 거의 하지 않았으니 그때가 모두 선명하게 기억이 납니다. 그만큼이나 짧았으니까요. 하지만 두 친구는 졸업까지 했으니 기억의 순서가 뒤죽박죽이었을 것입니다. 아니라 다를까 둘 다 제가 한 학기는 다 다녔다고 생각을 하고 있었습니다. 저는 정확히 기억을 하지요. 중간고사를 보고 난 뒤로 학교에 나가지 않았다는 것을요.

그러니까 우리가 두 달 정도 함께했는데 이렇게 오래 관계를 지속하고 있다는 사실에 두 사람 다 놀란 것입니다. 한참 동안 우리가 어떻게 가까워지게 됐는지 또 얼마나 많은 일이 있었는지를 서로 가지고 있는 기억의 조각들로 맞춰보는 데에 집중했습니다. 그 조각 속에는 아름다운 이야기도 젊음도 가득했지만 대부분은 부끄러운 이야기가 많았습니다. 그땐 다 컸다고 생각했었지만, 끽해야 스무 살, 스물한 살이었으니 부끄러운 일도 많았을 것입니다.

결국 서로 잊고 싶어 했었던 기억이 하나둘씩 떠오르기 시작했습니다. 대부분 본인에 관한 이야기는 잘 기억하지 못했지만 서로에 대한 기억은 정확하게 하고 있었죠. 이를 테면 이런 거였습니다. 동생 한 명이 누군가를 좋아했는데 보기 좋게 차였던 것. 저는 교양 수업에서 꿈이 뭐냐는 질 문에 벌떡 일어나 세계적인 뮤지션이 되는 거라고 말했던 것. 또 다른 친구는 술을 얼마 먹지도 않았는데 계단에서 잠들었던 이야기 같은 것들이요. 이처럼 본인은 기억하고 싶지 않은 이야기가 가득했습니다.

지금은 어엿한 사회인이 됐고 또 함께한 시간도 그렇게 길지 않은데 우리가 어떻게 이렇게 오랜 시간 동안 연락을 주고받을 수 있는 사이가 된 걸까요. 아무래도 친구란 부 끄러운 시절을 공유하고 있지만 그게 부끄럽지 않은 사이 이기 때문이 아닐까 합니다. 물론 제가 기억하지 못하는 제 이야기를 들으면서 소름 돋게 부끄러웠지만, 그건 그들 에게 부끄러웠던 게 아니라 지금의 제가 스스로를 부끄러 워했던 거니까요. 부끄러운 시절을 같이 공유하고 있다는 것. 그게 친구의 정의가 아닐까 하는 생각을 했습니다.

10년 만에 만난 대학 친구 2
Friend

오랜만에 만난 사람들이니 이야기를 하나 더 하겠습니다. 작은 이자카야에서 자리를 옮기지도 않고 다섯 시간이나 앉아 있었으니 모든 이야기가 다 기억에 남지는 않습니다. 각자 술도 마실만큼 마셨으니까요. 물론 선명하게 기억나는 대화도 있습니다. 조금 전의 그 부끄러운 순간 중 한 가지에 관한 대화입니다. 교양 수업에서 꿈이 뭐냐는 질문에 경영학과 다니는 놈이 벌떡 일어나서 세계적인 뮤지션이 되고 싶다고 말한 그 사건입니다.

B라는 친구는 그 수업이 끝나고 제게 찾아오더니 '너 음악 하냐'면서 먼저 말을 걸어왔습니다. 알고 보니 그 친구도 뮤지션이 꿈이었던 거죠. 그날 이후로 우리는 급속도로 가까워지기 시작했고, C라는 동생은 B라는 친구와 이미 친했기 때문에 자연스럽게 셋이 뭉쳐 다니게 된 것입니다. 조금 놀라웠던 일은 그 이후에 일어났습니다. C라는 동생은 당시에 사람을 웃기는 것에 혈안이 되어 있었습니다. 전공도 교양도 성적도 축제도 다 필요 없이 어떤 상황에 있든지 사람을 웃기는 것에 초점을 뒀습니다. 넌지시 자신의 진짜 꿈은 개그맨이라고 이야기하길래 셋이서 방송국에서 만났으면 좋겠다는 말을 한 적이 있었습니다. 저는 그때까지만 해도 개그맨이 꿈이라는 건 그냥 하는 소리라고 생각했었습니다.

학교에 복학하지 않고 연락이 조금 뜸하던 그 시기에, 알고 보니 C라는 동생은 정말 극단에 입단했었답니다. 장난처럼 이야기했던 개그맨이라는 꿈이 사실이었으며 그 꿈을 이루기 위해 어떤 시도까지 한 것이죠. 학교를 잠시 쉬면서까지 말이에요. 그렇게 몰랐던 이야기를 주고받다가 B라는 친구가 잔에 술을 따르면서 이런 말을 하는 겁니다.

"셋이서 방송국에서 만나자고 했는데 십 년이 지나서 합정에서 만났네."

그 말 한마디에 모두가 웃었습니다. 술을 한 잔 더 마시고 대화를 이어갔습니다. 시간이 한참 흐른 뒤 과거를 복기하는, 자신이 꾸었던 꿈을 왜 이루지 못했는지에 대한 이야기였습니다. 극단에 들어갔던 동생은 그곳에서의 나날이 자기가 생각한 것과 너무 달라서 금방 진절머리가 났다고 합니다. 그리고 저는 그때 당시 음악이라는 게 제게 너무 숭고하고 인생의 구원자 같았으며 삶의 전부라고 생각했기 때문에 오히려 더 어렵게만 느껴졌었습니다. 너무 사랑하기 때문에 가질 수 없는 상대가 됐달까요. 그러다 제가 문득 한 마디를 더했습니다.

"그때 만약 B, 너랑 같이 공연이라도 하고 뭐라도 좀 해봤다면 지금 우리가 달라졌을까? 난 그랬을 거라고 생각해."

그랬을지도 모른다는 대답을 하면서 B가 한마디를 더했습니다.

"그땐 뭐가 그렇게 부끄러웠는지 모르겠다.
내가 좋아하는 뮤지션들의 과거를 찾아보면
그 사람들도 다 부끄러운 시절이 있었는데 말이야.
흑역사가 있어야 역사도 있는 건데 그걸 몰라서 방 안에
만 있었어."

얼마나 그 말이 마음에 박히던지요. 정말 맞는 말이었습니다. 아마 그때로 다시 돌아간다고 하더라도 그 친구와 둘이서 공연을 해본다거나 팀을 만들어본다거나 하는 일은 일어나지 않을 것입니다. 서로가 하는 음악을 서로에게 보여주는 게 너무 부끄러웠으니까요. 아직 내가 스스로 한참 부족하다고 생각할 때 가까운 사람에게 자신의 꿈을 보여준다는 게 쉬운 일은 아니니까요. 그 말에 고개를 끄덕일 수밖에 없었던 건 그 부끄러움을 이겨내지 못했기 때문에

제가 뮤지션이 될 수 없었다는 사실을 십 년이 지나서 깨달 았기 때문입니다. 내가 좋아하는 아티스트들, 그리고 또 내 가 멋있다고 생각하는 어떤 사람의 지난 시간을 돌아보면 그 사람들의 과거에도 분명 부끄러운 이야기가 가득할 것 입니다. 그리고 그 시간을 잘 지나왔기 때문에 지금의 모습 이 있는 거겠죠.

만약 제게도 쓰는 일이 아닌 다른 하고 싶은 일이 생긴다 면, 그땐 용기를 내고 문을 열어볼까 합니다. 이 글을 보는 여러분도 하고 싶은 게 있다면, 한번 인생을 걸어보고 싶은 게 있다면 꼭 기억해주셨으면 좋겠습니다. 흑역사가 있어 야 역사가 생긴다는 말을요. 부끄러울 것입니다. 부끄럽고 어렵고 확신이 서지 않겠지만, 그래도 문을 열고 세상으로 나가야 세상이 나를 반겨줍니다. 너무 늦게 깨달은 사실을 당신에게 전합니다.

기쁜 일을 축하해줄 수 있는 사람
Celebration

얼마 전엔 요즘은 정말 볼 게 없다면서 투덜거리다가 넷플릭스를 결제했다. 왜 내가 이걸 이제야 결제했을까 싶은 날의 연속이다. 삶의 질이 이렇게 달라지다니. 정말 볼 게 넘쳐난다. 요즘 유명하다고 하는 것을 하나씩 보기 시작했는데, 거기에서 유독 자주 보이는 사람이 있었다. 배우 구교환이었다. 연기도 잘하고 사람도 좋아 보여서 자연스럽게 응원하게 됐다. 넷플릭스도 넷플릭스지만, 내게는 밥 먹을 때마다 티브이를 꼭 틀어놓는 버릇도 있다. 그날도 여느 날과 같이 밥 먹으면서 이것저것 보다가, 청룡영화제에 배우 구교환이 참석한 것을 알았다.

어떤 상이라도 받았으면 좋겠다고 생각하면서 마저 보고 있는데 정말 상을 받는 게 아닌가? 인기스타상이었다. 나는 밥 먹다 말고 얼마간을 흐뭇하게 화면만 바라봤다. 두 가지 이유 때문이었다. 하나는 구교환의 태도였다. 자신의 이름이 불리자 벌떡 일어나서 동료들과 하이파이브를 격하게 하는 모습이 인상 깊었다. 인기상인데 마치 대상을 받은 것처럼 격한 반응을 보여서 상 줄 맛 나겠다는 댓글이 달릴 정도였다. 자신이 무언가를 해냈을 때 상의 크기와 상관없이 저렇게 순수하게 기뻐할 수 있을까? 하는 생각이 들 정도로 멋있는 모습이었다.

그다음으로 인상 깊었던 건 옆에 있던 배우 조인성이었다. 그는 구교환과 같은 영화에 출연했기에 같은 팀으로 앉아 있었는데, 구교환의 이름이 불리자 자신이 수상한 것보다 더 기뻐 보이는 표정으로 구교환을 껴안았다. 등을 어찌나 격하게 두드리던지. 구교환 배우가 무대에서 수상소감을 말할 때도 정말 해맑은 표정으로 연신 손뼉을 치고 있었다. 저렇게 유명한 사람과 말조차 섞어 본 적 없지만, 어떤 인연도 없는 사람이 보더라도 화면을 뚫고 느낄 수 있을 정도로 진심으로 축하해주고 있는 것이 보였다. 동료가 잘됐을 때 진심으로 축하해준다는 것. 그 모습이 얼마나 멋있었는지 모른다.

독일어 중에 '샤덴프로이데'라는 단어가 있다. 고통과 손해를 뜻하는 '샤덴'과 기쁨을 뜻하는 '프로이데'를 합성한 단어다. 타인의 불행이나 고통을 보면서 느끼는 기쁨을 뜻한다. 그런 단어가 존재할 정도로 내 의지와 상관없이 타인의 고통이나 슬픔에서 기쁨을 얻을 때가 있는 것이다. 흔히들 힘든 일이 생겼을 때 같이 있어 주는 사람이 좋은 사람이라고 말하고는 한다. 하지만 점점 느끼게 되는 건, 힘들 때 같이 있어 주는 것도 고맙지만 좋은 일이 생겼을 때 진심으로 축하해주기도 어렵다는 것이다. 특히 나와 비슷한 일을 하거나 비슷한 위치에 있을 땐 더 어렵다. 이렇듯 축하도 마음에 여유가 있어야 할 수 있는 건데 요즘 일이 잘 풀리지 않고 고민도 많고 마음의 여유가 없다면 그 상태에서 축하해주는 건 분명 힘든 일일 것이다.

나는 그 짧은 시상식을 보면서 스스로에게 물었다. 과연 나는 주변 사람들이 잘 됐을 때 진심으로 축하해준 적이 몇 번이나 있었을까. 정확히 기억나는 일도 있고 기쁜 마음이 들기보다는 어딘가 모르게 씁쓸한 기분이 들었던 사람도 있었다. 반대로 내가 잘됐을 때 정말 순수하게 기뻐해 준 사람이 있었는지도 떠올려봤다. 몇 명의 얼굴이 떠오르기도 했고 또 불편한 몇 사람의 얼굴이 떠오르기도 했다. 모두에게 그럴 수는 없겠지만, 그래도 정말 좋은 친구가 되어주고 싶은 사람에게는 힘들 때도 옆에 있어 주고 잘 됐을 때도 순수하게 축하해주고 싶다. 친구의 불행에 기쁨을 느끼는 것이 아니라 불행에 같이 슬퍼하고 기쁜 일에 같이 기뻐하는 사람이 되고 싶다.

사주를 보는 사람의 심리

Psychology

여러 사람이 모여 있을 때 높은 확률로 대화가 끊기지 않을 만한 주제를 알고 있다. 심지어 그 사이가 서로 별로 친하지 않은 사이라도 하더라도 말이다. 투자와 부동산 이야기다. 그 두 가지 이야기 중에서 하나라도 시작되는 순간부터 그날 아무도 집에 가지 않을 만큼 이야기가 길어지고는 한다. 전국민의 공통 대화 주제랄까. 그리고 거기에 한 가지를 더한다면, 아마도 사주 이야기가 아닐까. 한 번은 지인들과 모여서 일상적인 이야기를 나누다가 깜짝 놀랐던 적이 있다. 한 명이 우연히 사주 이야기를 꺼냈는데 여기저기서 정보들이 쏟아져 나오는 게 아닌가. 일산에는 누가 유명하고 압구정 쪽에는 어떤 철학원이 유명하고.

나도 한때 사주를 꽤 좋아했던 적이 있다. 물론 먹고 사느라 바빠서 유명하다는 곳을 직접 찾아가보진 못했지만, 인터넷에서 유료로 결제해서 본 적도 있고 길거리를 지나가다가 작은 천막 안으로 들어갔던 적도 있다. 또 한때는 포털사이트에서 매일매일 알려주는 오늘의 운세를 아침마다 확인하고 하루를 시작했던 적도 있었다. 그때는 당연한 일상이라 잘 몰랐지만, 지금 생각해보면 사주에 빠지게 됐던 이유가 명확하게 있었다.

어떤 사람은 어릴 때부터 자신이 모든 것을 선택하며 살아가고, 또 어떤 사람은 별다른 의견 없이 세상이 던져주는 기준에 맞춰 살아가기도 한다. 그리고 각각 그런 삶의 방식을 오래 고수하다 보면 모든 것을 선택하면서 살았던 사람은 수동적으로 살고 싶어질 때가 있고 세상이 던져주는 기준에 맞춰 살아가던 사람은 자신이 모든 선택을 내리고 싶어 하게 되는 것 같다. 자신이 살았던 삶이 물려서 다른 삶을 소망하게 된달까. 나는 전자의 사람이었으므로 어릴 때부터 지금까지 모든 선택을 스스로 내려야만 했다. 물론 그에 따른 장점도 많았지만, 모든 게 불확실한 상황에서 매번 스스로 선택을 내려야 한다는 게 그렇게 쉬운 일은 아니었다. 그런 날이 쌓이고 쌓여서 나도 모르게 지쳐가고 있을 때쯤부터 나는 사주를 자주 보기 시작했다. 차라리 누가 나보고 이렇게 살라고 말해줬으면 좋겠다는 생각이 가장 강했을 때.

사주나 운세를 보면 이런 이야기가 많다.

"전반적인 흐름에 대한 운을 살펴보면 안정기에 접어드는 좋은 시기를 맞이할 것입니다. 하지만 어떤 일과 연관을 맺는가에 따라서 인생 전체의 흐름에 영향을 끼치게 될 것입니다. 사람을 잘 관찰해야 가까이해도 좋은 사람일지 가까이하면 안 되는 사람일지 판단할 수 있을 것이니 잘 참고하길 바랍니다."

어떤 사람이 말해준 대로, 혹은 어떤 텍스트가 말해준 대로 사는 게 더 나을지도 모른다는 생각을 했다. 내가 정답이라고 생각했던 게 정답이 아닐 때도 있고 내가 옳지 않다고 생각했던 게 옳았던 적도 있었으니까. 실제로도 사주나 오늘의 운세에서 이야기하는 것을 기준으로 선택을 내렸던 적도 있다. 물론 정확했던 적도 있고 터무니없었던 적도 있고 반쯤만 맞는 이야기일 때도 있었다. 그렇게 매일 아침 오늘의 운세로 하루를 시작하고 가끔은 유료 결제로 사주를 보기도 하면서 혼잣말로 자주 속삭였던 말이 있다.

"아, 사람들이 왜 사주를 보는지 알겠다. 왜 오늘의 운세를 보는지도."

보통 운세나 사주를 볼 때 '너는 망할 거야, 너는 잘못될 거야'라는 이야기를 하지는 않는다. 이렇게 하면 막을 수 있을 것이고 이런 성향이니 이렇게 하면 조금은 괜찮아질 거라는 이야기를 하고는 한다. 그러니까 어쩌면 나는, 사람들은, 그런 말을 듣고 싶어서 그렇게 사주를 봤던 게 아닐까. 결국 괜찮아진다는 말을 듣고 싶어서. 또 어떤 일이 생길지 모르니 조심하라는 말을 듣고 싶어서. 나도 모르는 내 모습을 조금이라도 더 알기 위해서. 물론 굴곡이 없을 수는 없지만, 결국 네가 가고 있는 길의 끝에 가서는 모든 게 다 괜찮아질 거라는 그런 말을 듣고 싶어서.

나는 그런 마음이 친구들을 만나서 이런저런 이야기를 털어놓는 마음과 비슷하다고 생각한다. 물론 대부분의 경우 친구들이 정답을 내려주지도 않고 직접적인 도움을 주지도 않지만, 결국 괜찮을 거라고 말해주니까. 실제로 괜찮아지지 않더라도 그 말 덕분에 잠깐은 마음을 놓을 수 있으니까. 그 잠깐의 안도감과 결국 괜찮아질 거라는 말이 필요해서 사주를 보고 친구를 만나서 이야기를 털어놓는 게 아닐까 생각을 한 것이다. 정답 없는 삶이지만 가끔은 누가 정답처럼 말해주는 것도 필요하다. 실제로는 괜찮아지지 않을 수 있지만 때로는 맹목적으로 다 괜찮아질 거라는 말 역시 필요하다.

이 글을 읽는 사람들에게 앞으로의 운세를 말해주고 싶다.

“다정한 만큼 사람에게 상처를 많이 받을 것이나 결국 주변에 좋은 사람들이 가득할 것입니다. 때로는 사랑에 실패해서 사랑이 무서워지겠지만 결국 사랑하길 잘했다는 생각이 드는 사람을 만날 것입니다. 다투고 넘어지고 돌아가고 방황하고 잠깐 길을 잃을 때도 있겠지만 결국 행복이라는 궁극적인 목표에 닿을 것입니다. 자신을 믿으십시오. 충분히 그럴 만한 가치가 있는 사람입니다.”

민들레 씨앗을 부는 일

처음 기부를 시작한 건 캔들을 만들면서였다. 나눔의 초라는 말을 줄여서 나초 캔들이라는 이름으로 캔들을 만들었던 적이 있다. 방산 시장에 가서 재료를 하나씩 사 온 다음 향도 직접 조향해서 지인들에게 판매하고 그 수익금으로 기부를 했던 게 시작이었다. 그 뒤로는 인세를 받거나 글쓰기 수업을 하거나 외부 프로젝트를 진행할 때마다 조금씩 기부를 하고는 했었다. 주로 보육원이나 유기견 보호 센터였다. 어느덧 연차가 쌓여서 보호소마다 주로 받는 사료가 다르다는 것과 보육원에서 가장 필요한 건 생필품이라는 사실 정도는 알게 됐다.

매번 그랬던 건 아니지만 기부를 할 때 있었던 일을 종종 SNS에 올리고는 했었다. 여유가 생기면 이런 곳에 관심을 가지는 것도 좋을 것 같다는 생각에 올린 이유도 있었지만 사실 진짜 이유는 따로 있었다. 어떤 사람들은 선한 영향력이라는 나와는 어울리지 않는 멋진 말을 해주기도 했지만 진짜 이유는 내가 행복해서였다. 맛있는 음식을 먹고 그 음식보다 더 맛있는 커피를 마시면서 공원에 앉아있는 듯한 기분처럼 행복했다.

이제는 말하지 않아도 주변 사람들의 생일 케이크는 내 담당이다. 옛날부터 주변 사람들의 생일 케이크는 내가 챙기고는 했는데 그런 날이 오래 반복되다 보니 자연스럽게 생일 케이크는 항상 내 몫이다. 들키는 경우도 종종 있지만 몰래 케이크에 초를 붙이고 깜짝 생일 파티를 해줬을 때 희

열 같은 게 느껴진다. 그 사람이 행복해하는 모습을 보면 나도 기분이 좋아진달까. 물론 그 사람이 내 생일을 챙겨주지 않더라도 상관없다. 이건 내가 좋아서 하는 일이니까.

　나와는 비교가 안 될 만큼 타인의 행복을 위하는 사람이 많다. 오랜만에 만날 때면 꼭 손편지를 써 온다거나 가벼운 선물이라도 들고나오는 사람부터 사랑하는 사람의 일이라면 발 벗고 나서는 사람. 가끔 기부하러 가는 나와 다르게 매일 길 잃은 아이를 돌보는 사람도 있으며 보이지 않는 곳에서 우리가 모르는 것으로부터 무언가를 지키는 사람도 많다. 아직 많이 부족하지만 내 여건이 닿는 선에서 타인의 행복을 위한 삶을 사는 시간을 조금씩 늘려보고 싶다. 봉사나 희생과 같은 숭고한 의미보다는 내 행복을 위해서가 더 크지 않을까. 타인을 행복하게 하는 건 민들레 씨앗을 부는 것과 비슷하다고 생각한다. 내가 온도를 불어넣은 곳에 씨앗이 날아가면서 내 발밑에도 몇 개씩 떨어질 것이다. 나 아닌 다른 사람의 행복을 비는 건 내가 온도를 불어넣은 그곳과 나의 정원, 모두가 다 아름다워지는 일이다.

밤이라 더 진하게 새겨진 장면들

Scene

그를 처음 만난 낮에는 유독 하늘이 맑았습니다. 앞으로 함께 작업하는 날이 많을 텐데 술 한잔하는 게 어떻겠냐는 말에 처음 가보는 지하철역 앞에서 만났습니다. 약간 경계하고 있던 저와는 다르게 다정하게 안녕이라고 먼저 인사를 건네주던 친구였습니다. 우연 같던 만남을 시작으로 지금은 서로의 모든 것을 알고 있는 사이가 됐습니다. 지금

제 주변에 있는 사람 중에서 저를 가장 잘 이해하는 사람은 그 친구가 아닐까 합니다.

나이와 하는 일이 똑같고 좋아하는 것도 싫어하는 것도 비슷하니 종일 수다를 떠는 날이 많았습니다. 추억과 답답함. 무료함과 불안함 같은 것에 대한 이야기를 자주 나눴습니다. 함께 여러 곳을 여행하고 많은 음식을 나눠 먹었습니다. 눈이 부실 정도로 밝은 대낮에 시작된 인연이었는데 해를 거듭할수록 늦은 밤에 관한 추억이 늘어나기 시작했습니다.

밤바다를 보기 위해 강원도 가는 기차를 같이 탔던 적이 있었습니다. 항상 저보다 먼저 도착했던 그 친구보다 제가 먼저 약속 장소에 도착한 유일한 날이었습니다. 경주에 있을 땐 저녁에 비가 많이 내리는 바람에 꽤 오랜 시간 동안 숙소 전체가 정전된 적이 있습니다. 양초 하나 켜 두고 마루에 앉아 함께 빗소리를 듣기도 했습니다.

태백에 있을 땐 우리가 머무는 숙소에서 편의점까지 걸

어서 삼십 분이 넘게 걸렸습니다. 오늘은 술 조금만 마시고 일찍 자자면서 와인을 한 병만 사 온 게 문제였습니다. 마침 술과 함께 보던 영화가 풍선처럼 마음을 부풀리기 좋은 영화였습니다. 산책이나 하자면서 삼십 분을 걸어가 와인 한 병을 다시 사 왔습니다. 숙소로 돌아가는 길에는 사람이 한 명도 없었고 가로등도 없었습니다. 별이 얼마나 예쁘던지요. 별빛이 좋아서 숙소로 돌아오는 동안 와인을 다 마셔버렸습니다. 다시 또 편의점에 가서 와인을 한 병을 사고 숙소에 도착하기 전에 다 마시는 일을 몇 번 반복하고 나서야 잠을 청할 수 있었습니다.

동료이자 친구, 형제 같은 그 사람과의 이야기뿐만이 아닙니다. 사랑했던 어떤 사람과, 또 동네 친구였던 어떤 사람과 깊어지는 건 언제나 밤이었습니다. 벤치에 앉아 술기운을 빌려 용기를 냈던 시간. 걱정거리라고는 하나도 생각나지 않을 만큼 별거 아닌 일에도 늦게까지 웃던 술자리. 버스도 지하철도 모두 끊긴 시간이라 당신이 택시를 탔던 날. 그 택시 번호판을 너무 열심히 외워버린 나머지 지금까지도 문득 기억이 나버리는 것. 모든 건 다 밤이었기 때문에 가능했을 것입니다.

그러니 어쩌면 어둡고 캄캄한 밤만큼 깊어지기 좋은 시
간도 없을지 모르겠습니다.

꿈에서밖에 볼 수 없는 사람

Dream

중학생이었을 때부터 지금까지 이사를 두 번 했다. 이삿날마다 혼자 웃는 순간이 있었다. 내 방 한쪽 벽을 볼 때였다. 두 집 다 벽 쪽에 작은 구멍이 하나 있었다. 꿈에서 주먹을 휘두른다는 것이 자면서 실제로 주먹을 휘둘러서 구멍이 생긴 것이었다. 그때 생긴 상처가 아직도 손에 남아있을 정도다. 영화처럼 정의롭게 어떤 아이를 구하다가 싸운 적도 있었고 한 번은 내가 진짜 싫어하던 애가 꿈에 나와서 싸움을 걸길래 주먹을 휘둘렀던 적도 있었다. 한참 오래된 일이지만 지금도 기억하는 이유는 주먹이 너무 아파서 다시 쉽게 잠들지 못했던 것도 있고 평상시엔 꿈을 별로 꾸지 않기 때문에 더 기억하는 것도 있다.

보통 꿈을 잘 꾸지 않는다고 말하면 그게 잠을 푹 자는 거라면서 부럽다는 말이 들려오고는 한다. 내가 정말 그런 사람인지는 모르겠다. 나에게 있어서 잠은 이미 내가 어떻게 할 수 없는 영역에 가깝기 때문에 푹 자는 사람인지 그렇지 못한 사람인지는 관심이 별로 없다. 그냥 내가 원할 때 잠들 수 있으면 그것만으로도 감사하다. 몸이 정말 아플 때 빼고는 꿈을 거의 꾸지 않는다. 좀비가 나오거나 쫓고 쫓기는 영화를 보고 나서는 가끔 그런 꿈을 꾸었지만 이제는 익숙해져서 그것마저도 꿈에 나오지 않는다.

평소에는 별 관심도 없던 꿈이라는 게 가끔은 야속하게 느껴질 때가 있다. 간절하게 보고 싶은 사람이 꿈에 나오지 않을 때다.

남들은 보고 싶은 사람이 있으면 꿈에 그렇게 자주 나온다는데 왜 나는 그러지 않는 것인지. 오늘은 꼭 한번 보고 싶다고 몇 번이나 생각하면서 겨우 잠에 들더라도 그 사람은 꿈에 나오지 않았다. 전화를 걸고 싶지만 그럴 수 없는 사람. 지금 어디에서 어떻게 지내고 있는지 절대 알 수 없는 사람. 시간이 약이라지만 그런 말이 하나도 적용되지 않는 사람. 그립다는 말로는 표현할 수 없을 만큼 사무치는 사람. 점점 목소리와 표정이 희미해져 가는데 바랄 수 있는 건 꿈에서라도 한 번 보는 것뿐인 사람. 그럴 때면 내 그리움의 크기를 의심하게 된다. 간절하게 보고 싶은데 사실은 간절하지 않은 걸까. 아니면 그 사람은 내가 그립지 않은 걸까?

그리스 로마 신화에 알키오네라는 여자가 등장한다. 그녀의 남편은 뱃길을 떠났다가 바다에서 죽음을 맞이한다. 하지만 그녀는 남편이 이미 바다에서 죽은 줄도 모르고 날마다 신전을 찾아가 결혼과 가정의 신에게 기도를 한다. "제발 제 남편이 무사히 돌아오게 해주세요." 그 모습을 본 가정의 신은 잠의 신에게 그녀가 사실을 알게끔 해달라고 부탁한다. 잠의 신은 그 이야기를 건네 듣고 인간의 모습으로 변하는 능력이 좋았던 자신의 아들 꿈의 신 모르페우스에게 그 일을 맡긴다. 걸음걸이, 용모, 말투, 옷차림, 자세까지 똑같이 변신할 수 있던 모르페우스는 소리 없는 커다란 날개로 눈 깜짝할 사이에 그녀의 꿈으로 찾아간다. 그리고는 죽은 남편의 모습으로 변신한 다음 자신이 이미 이 세상 사람이 아니라는 사실을 알려준다. 1800년대에 처음 추출에 성공한 이후 지금까지도 사용하고 있는 수면이나 진정 효과가 있는 아편계 진통제 모르핀 역시 모르페우스에서 유래한 말이다. 모르페우스와 알키오네에 관한 그리스 로마 신화를 듣고 나면 모르핀이라는 말의 유래가 참 적절하다는 생각이 들고는 한다.

오늘 밤은 당신이 꿈에 나왔으면 좋겠다. 내가 모르는 그곳에서 잘 지내고 있다고. 시간 나면 한 번 집에도 오겠다는 말을 해줬으면 좋겠다. 보고 싶었다면서 내 얼굴 한 번 쓰다듬고 나도 당신을 있는 힘껏 안아봤으면 좋겠다. 다른 사람은 절대 모르고 있으니 나만 알고 있으라면서 당신 목소리를 들을 수 있는 전화번호를 하나 알려줬으면 좋겠다.

꿈에서 깼을 때 그 번호는 없는 번호라는 음성안내가 들려도 좋으니 거짓말이어도 그렇게 말해줬으면 좋겠다. 아니, 거짓말이라고 생각했는데 진짜였으면 좋겠다. 당신도 나를 많이 그리워하고 있고 내 걱정보다 잘 지내고 있었으면 좋겠다. 그렇게 나의 밤에 찾아와 나를 진정시켜줬으면 좋겠다.

Bed

제2장

침대

나를 지탱해주던 것들

가슴속에 품고 사는 문장이 있나요?
힘들 때마다 나를 지탱해주는 것들이요.

저는 그런 문장들이 내 영혼을 보호해준다고 믿어요.

한 번 사람이 무서워지면

Scary

네 잘못이 아니야.

네 마음을 따라가렴.

그럼 괜찮을 거야.

영화 〈굿윌헌팅〉 중에서

　제가 졸업한 중학교는 전교생이 백 명이 채 넘지 않았습니다. 제가 입학하던 해에 급식소와 도서관이 생겼던 기억이 납니다. 한 학년마다 반이 두 개씩 있었는데 졸업하고 나서는 사람이 더 줄어들어서 학년마다 한 반씩 운영하고 있다는 소식을 들었습니다. 시골 작은 학교라서 좋은 점도 많았지만 단점도 많았습니다. 이를테면 선생님이나 친구들에게 보여주고 싶지 않은 모습까지도 대부분 알고 있다는 거였습니다. 그 나이에는 모든 것이 약점이나 치부처럼 느껴지던 때였으니 사람이 적을수록 더 깊게 알 수밖에 없다는 사실이 야속하게 느껴졌습니다.

　그렇게 작은 학교가 흔들릴 것처럼 시끄러운 날이 있습니다. 전학생이 올 때였습니다. 작은 시골 학교에 전학생이 왔으니 얼마나 관심이 쏠렸는지 모릅니다. 졸업할 때까지 두 명의 전학생을 만났습니다. 지금도 이상한 건 한 명도 평범한 사람이 없었다는 것입니다. 한 명은 우리보다 두

살이나 많은 형이었습니다. 또 한 명은 우리보다 한 살이 많은 형이었습니다. 전학생이 왔는데 그것도 우리보다 나이가 많은 사람이라니. 학교에는 소문이 빠르게 퍼지기 시작했습니다. 대부분 그런 소문은 무시무시한 이야기였습니다. 심지어 두 사람은 우리들보다 덩치가 한참 컸으니 그 소문이 진실처럼 느껴지기도 했습니다. 저는 쉬는 시간이나 학교가 끝나고 혼자 있는 전학생을 보면 다가가서 말을 걸고는 했습니다. 덩치가 큰 건 무서웠지만 소문만큼 인상이 나쁜 사람처럼 보이지는 않았습니다. 반말을 해야 할지, 존댓말을 해야 할지 모르겠다는 것만 빼면 괜찮았습니다. 역시나 두 사람은 소문만큼 무시무시한 사람이 아니었습니다.

두 살 많았던 형은 우리에게 자장면을 곧잘 사주기도 했습니다. 말도 얼마나 다정하게 했는지 모릅니다. 왼손에는 항상 반지를 끼고 있었는데 전학 오기 전에 여자친구와 맞춘 커플링이라면서 운동을 하든 게임을 하든 반지를 빼는 적이 한 번도 없는 낭만적인 사람이었습니다. 그 형은 금방 다시 전학을 가는 바람에 더는 추억을 쌓지 못했지만 제 기억 속에는 든든하고 멋진 형으로 자리 잡았습니다.

또 다른 전학생 한 명은 멋있는 취향을 가지고 있는 사람이었습니다. 방학 때 그 친구네 집에 놀러 간 적이 있습니다. 다락방이 있는 작은 집이었는데 다락방은 그 친구가 사용하고 있었습니다. 오래된 라디오와 책이 가득했습니다. 어떤 소설책에 나올 것 같은 그곳에서 친구는 새벽까지 라디오를 들으면서 공부를 하고는 했습니다. 고작 저보다 한 살 많았는데 얼마나 어른처럼 보였는지 모릅니다. 그 친구를 따라 한다고 새벽에 라디오를 틀어놓고 공부했던 기억이 있습니다. 그 친구는 저와 고등학교까지 같이 진학을 했고 성실하고 멋있었던 만큼 좋은 대학교에 입학했습니다.

요즘 들어서 제가 사람을 좋아하는 사람인지 사람을 싫어하는 사람인지 잘 모르겠습니다. 반이 두 개밖에 없던 중학교에서 한 학년에 반이 열 개나 있는 고등학교에 진학했던 그때처럼 누가 좋은 사람이고 누가 나쁜 사람인지 모르겠습니다. 사람을 만나는 일보다 자연 속에서 혼자 있는 게 더 편하게 느껴지는 날의 연속입니다. 지금 상태가 건강한 것이냐고 물어본다면 쉽게 답을 할 수 없습니다. 과연 사람과 엮이지 않고 살아갈 수 있을지도 모르겠습니다. 누군가를 믿어야 하는 순간이 또 찾아올 것이고 원하든 원치 않든 관계를 맺고 살아가야 할 텐데 걱정이 이만저만이 아닙니다. 이렇게 된 건 너무 많은 사람을 믿었기 때문일까요? 아니면 제가 소화할 수 있는 것 이상의 관계를 맺으면서 살아왔기 때문일까요? 원인은 알 수 없겠지만 사람이 무서워질 때면 사람으로 인해 행복했던 기억을 떠올려볼까 합니다. 한 번 사람이 무서워지기 시작하면 끝이 없을 테니까요.

도무지 어쩔 수 없는 밤
Night

정작 힘겨운 날엔 우리

전혀 상관없는 얘기만을 하지

정말 하고 싶었던 말도

난 할 수 없지만

사랑한다는 말로도 위로가 되지 않는

깊은 어둠에 빠져있어

사랑한다는 말로도 위로가 되지 않는…

사랑한다는 말로도 위로가 되지 않는…

브로콜리너마저 〈사랑한다는 말로도 위로가 되지 않는〉 가사 중에서 사람들이 은근히 자주 건네어오는 질문이 있다. 평소에 글을 쓸 때 술 마시면서 글 쓰는 경우가 많냐는 질문이다. 지금보다 더 연습을 많이 할 때는 어떤 게 나한테 맞는 방법인지를 알지 못하니 정말로 술을 마시면서 작업을 했던 적이 있다. 지금도 아주 가끔 그러기는 하지만 거의 안 한다는 표현이 어울릴 정도로 술을 마시면서 글을 쓰지는 않는다. 차라리 커피를 많이 마시거나 글을 열심히 쓰고 그 뒤에 술을 마시는 편이다. 그 어떤 환각이나 마비 없이 맑은 정신에서 좋은 창작물을 만들고 싶다는 욕심 때문이다.

처음 창작을 시작한 뒤로 십 년이 넘는 시간이 흘렀다. 그 시간 동안 나만의 기준이 하나씩 세워졌는데 그중 하나가 맑고 건강한 정신 상태에서 좋은 창작물을 만들자는 거였다. 규칙적이고 건강한 삶 속에서 그렇지 않은 삶을 살아야만 만들 수 있는 창작물을 만드는 것. 그게 더 멋있게 느껴졌다. 그러다 알게 된 사실 하나는 내가 생각보다 건강하고 올바른 것에 꽤 진심이라는 거였다. 잠이 안 올 때 약물이나 술에 의존하고 싶지 않은 것도 그런 이유 때문이었다.

너무 힘들 땐 약물의 도움을 받는 게 맞으나 약을 먹을지 안 먹을지 선택할 수 있다면 안 먹는 게 더 좋다고 생각했었다. 술 역시 똑같은 의미였다. 차라리 약은 병원에서 처방이라도 받았지 잠이 오지 않는다고 술 마시면서 잠들다 보면 점점 더 잠이 오지 않게 된다는 걸 누구보다 잘 알고 있었다.

그래도 가끔은, 최대한 약이나 술의 힘을 빌리지 않으려고 했지만, 모든 규칙을 깨버릴 만큼 도무지 버티지 못할 때도 있다.

아직 단 한 명에게도 말한 적이 없을 만큼 혼자만 느끼는 슬픔이었다. 대부분 그런 순간은 혼자 늦은 저녁을 먹을 때 찾아온다. 이상하게 그때 밥을 먹으면 자꾸 이 세상에 없는 아빠가 생각이 난다. 내가 끼니는 잘 챙겨 먹고 다니는지 제일 궁금해했던 사람. 자다가도 일어나서 저녁을 차려주던 사람. 뭐가 그렇게 바쁘다고 저녁도 챙겨 먹지 못하고 일을 하다가, 텅 빈 거실에서 혼자 밥을 먹을 때면 자꾸 아빠 목소리가 들린다.

뭐 하느라 밥도 안 먹고 돌아다녀?
배고팠지?
그래도 집에서 먹는 게 제일 좋지?

목소리가 한 번 들리기 시작하면 애써 외면하고 생각하지 않으려 했던 모든 기억이 한 번에 되살아난다. 시간이 흘러가는 리듬이 한 번에 어긋나는 기분이랄까. 아직도 해결 방법을 찾지 못했다. 작년에 아빠가 세상을 떠난 뒤로 사실 단 한 번도 슬펐던 적이 없다. 그렇게 슬픔을 잘 느끼던 사람이었는데 모든 슬픔이 흡수당한 것처럼 아빠와 관련된 모든 것을 제외하고는 단 한 번도 슬펐던 적이 없을 정도로 어딘가 고장 난 사람이 돼버렸다.

언젠가 질문을 받은 적이 있다.

이 세상에 없는 사람이 정말 너무 보고 싶을 때면 어떻게 하세요?

나는 이렇게 대답했다.

울어요. 그것도 아주 많이.

약을 먹어도 해결되지 않는 아픔. 술로도 달랠 수 없는 통증. 그 무엇도 하고 싶지 않지만 어떻게 해야 진정시킬 수 있을지 모르겠을 때. 누군가에게 나 이런 것 때문에 슬퍼, 라고 말할 수 있는 용기가 도저히 생기지 않는 밤. 나 말고는 달도 별도 모두 평온하게 잠든 것 같은 밤. 도무지 어쩔 수 없는 기억과 아픔이 나를 삼킬 때면 방안에서, 차 안에서, 거실에서 슬픈 노래 하나 크게 틀어놓고 운다. 그냥 우는 게 아니라 편하게 운다. 세상이 떠날 것처럼 크게.
그러고 나면 조금은 속이 시원해진다.

천국에 가져가고 싶은 한 가지 기억

Heaven

모든 것에는 갈라진 틈이 있어요.

그 틈이 바로 빛이 들어오는 곳이죠.

Leonard Cohen 〈Anthem〉 가사 중에서

나는 한 사람의 결핍이 그 사람의 로망을 만들어낸다고 생각하는 편이다. 조금 더 쉽게 이야기하면 자신이 가진 결핍 때문에 하고 싶거나 꿈꾸는 게 생긴다는 것이다. 지하에 오래 살았던 사람은 창문이 있는 집을 꿈꾸고 자신의 삶이 너무 최악일 때 가장 아름다운 작품을 만든다거나 하는 그런 것. 물론 반대인 경우도 있지만. 나한테도 결핍이 만들어낸 로망이 있었다. 그중 하나가 호텔이었다.

호텔을 자주 드나드는 사람이 되는 건 부유하지 않은, 아니 경제적으로 상당히 어려운 학창 시절을 보내면서 생긴 꿈이었다. 당시에 호텔은 절대 내가 취할 수 없는 장소 중에 가장 높은 순위에 있으니까. 경제 활동이 가능해지면서 제일 먼저 했던 것도 호텔을 가는 거였다. 같이 갈 사람이 없어도 혼자서라도 서울에 있는 호텔을 하나씩 다녀보기 시작했다. 내가 가질 수 없었던 것을 잠시나마 가져본다는 것도 좋았지만 호텔을 다니면서 나도 모르게 스스로에게 이렇게 말하고는 했다.

　그래, 너도 이제 남들처럼 이런 곳에 드나들 수 있는 사람이 되어가고 있는 거야.
　경제적 여유 같은 걸 떠나, 너도 남들이 하는 건 다 하고 살 수 있는 사람이 된 거야.

　그다음에 생긴 로망은 여행이었다. 국내 여행보다는 해외 여행. 당연히 경제적으로 어렵기도 했고 창작자가 되고 싶었으니 작업을 하느라 물리적인 시간이 부족하기도 했었다. 그리고 제일 중요한 건 내가 성인이 된 이후로 아빠의 몸이 안 좋아지기 시작해서 어딘가로 떠날 수가 없었다. 내가 보호자였으니까. 그런 날이 쌓이면서 꿈꾸게 된 건 해외 여행이었다. 잠깐 가는 게 아니라 길게 가는 것. 그러다 마침 여유가 생기면 살아보기도 하는 것.

　시간이 어느 정도 흘러서 자연스럽게 해결되는 일들이 해결됐을 때, 호텔에 가는 것도 지겹다고 느껴질 때쯤 해외에서 지낼 계획을 했었다. 내 삶과는 가장 정반대인 것처럼 느껴지는 유럽이었다. 혼자보다는 함께가 좋을 것 같아서 해외여행을 별로 좋아하지도 않는 친구를 오랜 시간 설득해서 같이 가기로 계획했었다. 숙소와 비행기까지 모든 예약을 마치고 출발하기 일주일 정도 됐을 때부터 문제가 생기기 시작했다. 전염병이 온 세상을 뒤덮기 시작한 것이다. 친구는 가야 하는지 말아야 하는지 고민하고 있었지만 나는 끝까지 어떻게든 가겠다고 답했었다. 거리가 통제돼서 아무것도 할 수 없더라도 그냥 그곳에 있다는 사실만으로도 괜찮을 것 같았으니까.

결론부터 말하면 결국 가지 못했다. 출발하기 하루 전인가, 이틀 전쯤에 모든 항공편이 취소됐기 때문이다. 주변 사람들에게는 애써 괜찮은 척을 했지만 얼마나 속상하던지. 오래전부터 꿈꿔왔던 일이라 더 그랬을 것이다. 내가 남들보다 부족하고 가난하고 결핍된 삶을 살고 있다고 느낄 때부터 조금씩 해외에서 살아보고 싶다는 생각이 자리를 잡았을 테니까. 그리고 그 오랜 꿈이 한순간에 나의 의지가 아닌 외부 상황으로 이루지 못하게 됐으니까.

갑자기 내 계획이 틀어지자 공허함을 채우기 위해서 국내 여행을 많이 다니기 시작했다. 가까운 곳부터 시작하자면서 집에서 얼마 떨어져 있지 않은 동네에 갔다가 한 식당을 알게 됐다. 산 아래에 있는 작은 식당이었다. 산에서 나온 제철 음식들을 주로 다루는 곳이었는데 우연히 들렀다가 거기서 먹은 음식이 너무 맛있어서 가족과 함께 와보고 싶어진 것이다. 며칠 지나지 않아서 누나와 아빠 그리고 나 이렇게 셋이서 그 식당을 찾았다. 햇살이 너무 눈 부시던 봄이었다.

가볍게 점심 식사를 마치고 바로 앞에 있는 절에 올라가 차 한 잔 마실 생각으로 같이 잠깐 걸었다. 아빠는 몸이 그때도 편찮으셨기 때문에 천천히 걸으셨지만 내 뒤를 조심히 따라오던 아빠의 모습은 잊을 수가 없다. 오후의 봄 햇살이 아빠를 감싸고 주변에는 이름 모를 꽃들이 피어 있었던 그 짧은 순간. 그 순간이 얼마나 평화롭고 아름답게 느

껴지던지. 아빠는 그날 짧은 외출을 마지막으로 4개월이
채 지나지 않아서 세상을 떠났다.

〈원더풀 라이프〉라는 영화가 있다. 영화의 내용은 이
렇다. 안개가 깔린 곳을 지나 사람들이 한 대기실에 모인
다. 다양한 연령대의 사람들이 모여 있는 그곳은 천국으
로 가기 전에 7일간 머무는 림보라는 중간역이다. 대기실
에 앉아있던 사람들은 차례대로 한 명씩 개별 면접을 본다.
자리에 앉은 사람들에게 담당면접관은 당신은 어제 죽었
다는 것을 한 번 더 설명하면서 인생에서 가장 소중했던 추
억 하나를 고르라고 한다. 그렇게 고른 기억으로 영화를 만
들고 그 기억 단 한 가지만 가지고 천국으로 갈 수가 있다.
어떤 사람은 어릴 때 기억을 고르기도 하고 또 어떤 사람은
엄마의 품을 그리워하기도 하고 어떤 사람은 추억이 없다
고 말하기도 한다. 이 영화를 알게 됐을 때 스스로에게 물
어본 적이 있다. 만약 나한테 그런 순간이 찾아온다면 어떤
기억을 고를 것인지. 그리고 나는 스스로도 놀랄 정도로 금
방 내 인생의 명장면을 뽑았다.

아빠, 누나와 함께 산을 잠깐 걸었던 오후의 기억. 그 기억을 가져가고 싶다. 가능하다면 아빠가 몸이 안 좋아서 천천히 걷는 대신 나와 같은 속도로 걷게 해달라는 부탁을 하겠지만 말이다. 아빠에게 맛있는 거 정도는 충분히 사줄 수 있는 여유가 있었고 몸이 안 좋은 아빠를 부축할 힘도 있었고 꽃과 달큰한 바람 사이에 아빠가 있었던 건 정말 오랜만이었으니까. 그래서 아마 그 기억을 고르지 않았나 싶다. 너무 오랜만에 우리 가족끼리 외출한 거라서. 그것도 날이 너무 좋은 봄에.

너무나도 쉽게 천국에 가져가고 싶은 기억을 고르고 나서 동시에 들었던 생각은 아이러니하다는 거였다. 그날 오후의 기억은 그토록 오래 꿈꿔왔던 해외에서 살아보는 게 무너지고 나서 찾아온 거였으니까. 만약 그때 모든 게 다 맞아떨어져서 한국에 없었다면 아빠가 세상을 떠나기 전에 내 인생에 있어 가장 아름답고 평화로운 기억이 생길 수 있었을까. 그날 이후로는 내가 간절히 원하던 것이 이루어지지 않았을 때 그 속에 숨은 의미를 찾으려고 노력하게 됐다.

아마 나뿐만 아니라 누구나 살아가면서 자신의 계획이 틀어지는 경험을 할 것이다. 작은 일이든 거대한 일이든. 전염병 때문에 갑자기 직업이 바뀌기도 하고 내가 이사 가고 싶었던 집을 누군가가 먼저 계약하기도 하고 고백할 타이밍을 보고 있었는데 그 사람에게 갑자기 연인이 생기기도 하듯 말이다. 하지만 자세히 들여다보면, 어긋나는 것에도 나름의 이유가 있을 거라고 생각한다. 단순히 어긋나는 게 아니라 그 속에 다른 길이 있다는 것을. 길을 잃은 게 아니라 다른 길로도 한 번 가보라고 나를 그쪽으로 안내한 거라고.

공감능력이 너무 높은 사람들
Empathy

몽골에서는 기르던 개가 죽으면 꼬리를 자르고 묻어준단다

다음 생에서는 사람으로 태어나라고

사람으로 태어난 나는 궁금하다

내 꼬리를 잘라준 주인은 어떤 기도와 함께 나를 묻었을까

가만히 꼬리뼈를 만져본다

나는 꼬리를 잃고 사람의 무엇을 얻었나

거짓말 할 때의 표정 같은 거

개보다 훨씬 길게 슬픔과 싸워야 할 시간 같은 거

개였을 때 나는 이것을 원했을까

사람이 된 나는 궁금하다

이운진 〈슬픈환생〉 중에서

선물을 받을 때면 자세히 확인하지 않는 버릇이 있다. 짧게 고맙다는 말만 뱉고 한 번 가볍게 본 다음에 선물이 망가지지 않을 만한 위치에 조심스레 올려둔다. 한때는 이런 모습 때문에 연인과 다툴 때도 있었다. 왜 그렇게 즐거워 보이지 않냐고, 왜 뭐라고 좀 더 말하거나 편지나 선물을 자세히 보지 않냐고 서운해했던 것이다. 하지만 내가 그렇게 행동하는 건 그 선물이 고맙지 않거나 소중하지 않기 때문이 아니었다. 무언가를 받는다는 게 여전히 어색하긴 하지만 그것 때문도 아니다. 받은 선물을 자세히 바라보면 그때부터 선물을 사려고 걸었을 걸음걸이와 그때의 기분과 늦은 시간 방 안에서 혼자 편지를 쓰는 그 상황이 머릿속에 너무 선명하게 그려지기 때문이었다. 짧은 순간 모든 감정이 한 번에 덮치듯 찾아오기 때문에, 혼자 있을 때가 돼서야 자세히 보는 편이다.

어릴 때부터 공감이 잘 되는 수준을 넘어서 하나의 초능

력처럼 느껴질 정도로 그 깊이가 깊었었다. 무언가를 자
세히 보지 않는 건 내가 나를 방어하기 위한 하나의 방어
기제다. 자세히 보면 감정이나 상황이 한 번에 전이되고
그게 생각보다 나한테 오래 머물기 때문이다. 최대한 많
은 것들을 무심히 보려고 하거나 오히려 공감능력이 없는
것처럼 생활하는 건 이런 이유 때문이다. 조절하려고 최
대한 노력하는데 잘 안 될 때가 있다. 며칠 전에는 누나네
집에 가서 조카들과 점심을 먹고 거실에 누워있었다. 원
래 어린이집에서 낮잠 자는 시간이라서 소파에는 누나가
눕고 바닥에 나와 둘째 조카가 누워있었다. 근데 그때 첫
째 조카 연서가 자꾸 누나한테 투정을 부리는 것이 아닌
가. 누나는 엄마랑 같이 눕자고 이야기도 해보고 눕기 싫
으냐고 이것저것 물어보는데도 연서의 기분은 나아질 기
미가 보이지 않았다. 그렇게 몇 분 투정을 부리다가 갑자
기 연서가 이런 말을 꺼냈다.

　　"나도 삼촌이랑 같이 눕고 싶은데…"

또 한 번은 어린이집에서 돌아온 연서가 누나한테 물어봤단다. 엄마, 그 친구랑 친해지고 싶은데 어떻게 친해져야 해요? 저랑 안 놀고 다른 친구랑 놀아요. 누나도 그런 질문을 처음 받아봤기 때문에 어떻게 대답해야 할지 몰라서 곤혹스러웠다고 한다. 자아가 생기는 과정에서 연서의 부끄러움을 많이 타는 성격이 나타나기 시작한 것이다(글 쓰면서 다시 생각하니까 왜 또 눈물이). 나는 그때부터 밑도 끝도 없이 슬퍼지기 시작했다. 누나한테 어린이집 이야기를 들은 상태에서 연서가 내 옆에 눕고 싶은데 말도 못 하고 자꾸 맴돌면서 느꼈을 감정이 한 번에 느껴져서 어찌나 슬펐는지. 어린이집에서도 어떤 감정이었을지 한 번에 느껴졌다. 지금도 그때 느낀 감정이 잊히지 않는다. 아까부터 촉촉해진 눈 역시 마를 기미가 안 보이고…

오죽하면 내가 사람인 게 싫었던 적도 있다. 이렇게 깊게 감정을 느끼는 동물이라는 게. 자주 이런식으로 괴로워져서 '공감 능력이 없는 척 무심한 척 지내는 게 과연 정상인 걸까?' 하는 생각을 하기도 했었다. 나만 이러는 건지. 아니면 나 같은 사람이 생각보다 많은데 조용히 어디서 타인의 감정을 깊게 느끼면서 혼자 괴로워하고 있는 건지. 그래서 이것저것 궁금증을 해소하기 위해 조금 깊게 파고들었다가, 정말 박수를 몇 번 칠만큼 공감하는 이야기를 찾았다.

우리 같은 사람들을 흔히 HSP(Highly Sensitive Person), 앰패스(empath)라고 부른단다. 둘의 차이점이 있는데 HSP는 말 그대로 매우 예민한 사람이고 앰패스는 매우 예민한 사람을 넘어서 초민감자 혹은 과도한 감성을 가지고 있는 사람이다. 가장 큰 차이는 둘 다 똑같이 예민하고 섬세하긴 하지만, 앰패스는 타인의 에너지 혹은 감정을 흡수한다는 차이점이 있다. 정신과 전문의이자 UCLA의 임상교수인 주디스 올로프가 제시한 새로운 인간유형이 앰패스(empath)다.

이 사실을 알게 되고 조금 더 깊게 파고 들어가서 특징을 하나씩 알게 될 때마다 너무 놀라서 소름이 돋을 정도였다.

1. 빛, 소리, 냄새에 민감하다.

2. 혼자있는 시간이 절대적으로 필요하다.

3. 감수성이 풍부하다.

4. 대규모로 어울리는 건 싫어한다.

5. 자연 혹은 조용한 곳을 좋아한다.

6. 남을 돕는데 개인 시간을 사용하는 걸 좋아한다.

7. 표현하고자하는 욕구가 강하다.

8. 선생님이 감정적 전이가 없는 강의를 하면 바로 멍을 때린다.

9. 자기 보호가 안 된다.

10. 정이 많고 주변 관계에서 도우미 역할을 한다.

11. 창의력과 통찰력이 있으며 열정이 넘친다.

기절할 노릇이다 정말. 그래, 다른 건 다 많은 사람에게 해당할 수 있다고는 하지만, 8번, '선생님이 감정적 전이가 없는 강의를 하면 바로 멍 때린다.' 부분에서는 정말 공감할 수밖에 없었다. 무언가를 배울 때 그 사람이 진심으로 알려주고 있다는 생각이 들지 않으면 언제나 흥미가 뚝 떨어지고는 했었으니까. 지금도 주기적으로 봉사활동을 하고 있고 작업하고 일하는 시간 외에는 무조건 집에 있거나 캠핑을 가서 자연 속에 있는 내 모습도 이해가 되는 부분이었다. 어쩌면 내가 많은 것을 무심하게 바라보고 공감하지 못하는 척하면서 지내는 것도 이런 성향을 가진 사람이기 때문에 스스로 균형을 맞추려고 했던 건지도 모른다.

나 같은 성향의 사람은 주는 것과 받는 것의 균형이 깨지기 쉽고 타인과 내 것 사이의 균형 역시 깨지기 쉽다. 요즘은 마음에 작은 울타리 하나를 만드는 연습을 하고 있다. 나를 지킬 수 있는 최소한의 울타리 말이다. 너무 가깝고 또 너무 뜨겁고 너무 사랑하고 너무 잘하고 싶고 너무 이해된다는 이유로 내가 나를 아프게 하지 않을 최소한의 거리. 타인의 감정이 느껴지는 것도 좋고 무언가를 건네주고 도와주고 이해하는 것도 좋지만 나를 지킬 수 있는 울타리 하나쯤은 가지고 사는 것도 제법 나쁘지 않을 것 같다.

세상 그 어떤 것도 나를 아프게 하면서까지 해야 하는

일은 없으니까.

연인 사이에 중요한 것

Couple

"오래된 부부는 서로 뭘 할지 뻔히 알기에 권태를 느끼고 미워한댔지?
내 생각은 반대야. 난 상대에 대해 완전히 알게 될 때
정말 사랑에 빠질 것 같거든. 머리를 어떻게 빗는지
어떤 옷을 입는지 이런 상황에서 어떤 이야기를 할지 알게 되면
난 그때야 비로소 그 사람을 사랑하게 될 거야."

영화 〈비포 선라이즈〉 중에서

사랑하는 사람과 데이트하는 날이었다. 그날 데이트 코스는 도자기 만들기였다. 한참 운전해서 도착한 곳에는 그릇이나 화분 등 흙을 빚어서 만들 수 있는 여러 가지 물건이 놓여있었다. 우리가 원하는 디자인을 고르고 본격적으로 흙을 빚기 시작했다. 두 시간 남짓한 시간 안에 각자 그릇을 두 개씩 만드는 수업이라 그런지 많은 것이 시스템처럼 자리 잡혀 있어서 편하게 참여할 수 있는 시간이었다.

그릇과 얼추 맞을 만큼 흙을 자르고 밀대로 열심히 밀어대는 게 첫 번째 일이었다. 그 과정은 생각보다 힘이 많이 필요했다. 내가 선택한 디자인에 따라 모양도 달라지고 또 너무 얇거나 두껍거나 어느 한쪽이 울퉁불퉁해서도 안 됐다. 밀대로 흙을 미는 일을 끝내고 다음 설명을 듣기 위해서 기다리고 있는데 강사님께서 갑자기 이런 말씀을 하셨다.

"보통 먼저 끝나면 여자친구분 도와주시던데. 호호"

농담 삼아서 한 말일 수도 있고 정말 왜 도와주지 않는지 궁금해서 한 말일 수도 있었겠지만 나는 그녀에게 아무런 도움을 주지 않았다. 그건 내가 힘들기 때문도 아니고 그녀를 사랑하지 않아서도 아니었다. 오히려 그녀를 사랑해서 하는 행동이었다. 그릇 하나를 함께 만드는 게 그날의 목표였다면 모를까. 각자 두 개씩 만들기로 되어 있는 상태였으니 그녀는 누구보다 자기 자신이 가져갈 그릇을 처음부터 끝까지 만들고 싶어 할 사람이었다. 나만큼 예민하고 섬세한 사람이니 자신이 원하는 두께와 넓이로 흙을 빚어내고 싶었을 것이다. 내가 도와줘서 만드는 것보단 조금 오래 걸리겠지만 모든 걸 다 자기 스스로 하고 싶어 하는 사람이었다. 내가 해야 할 일은 그녀의 밀대를 대신 밀어주는 게 아니라 분명 내가 완성한 시간보다 한참 더 시간이 필요할 그녀를 얌전히 기다리는 일이었다. 물론 짧은 시간에 이런 이야기를 모두 다 할 수 없으니 질문에 웃어넘기는 걸로 대답을 대신했지만 말이다.

한 사람과 연애를 이어가다 보면 분명 서로 다른 점을 발

견하게 된다. 난 연인 사이에서 서로 얼마나 공통점을 가지고 있는지가 아니라 얼마나 다른 점을 서로 잘 극복할 수 있느냐가 더 중요하다고 생각하는 편이다. 분명 사랑하는 사이에서는 맞춰가야 하는 일이 쌓이고 쌓여 있다. 하지만 반대로 절대 맞춰갈 수 없는 부분도 있다. 그 사람이 오랜 시간 쌓아온 습관이나 아무리 바꾸려고 해도 잘 바뀌지 않는 본래의 기질 같은 것이 그렇다. 그런 순간이 찾아왔을 때 필요한 자세는 그대로 인정하고 존중하는 것이다. 절대 맞출 수 없는 부분을 맞이했을 때 서로 맞춰가길 바라는 것이 아니라 그냥 있는 그대로를 인정하면서 관계를 이어가는 것.

내가 최대한 있는 그대로 이해해주고 싶은 그녀의 모습 중에 하나는 무언가를 할 때 시간이 오래 걸리는 거였다. 오랜 시간 함께하면서 그렇게 많이 다투지 않았던 것도 절대 바꿀 수 없는 내 모습을 그녀가 이해해주고 있기 때문이었을 것이다. 조금만 이렇게 해달라면서 부탁을 하더라도, 결국 어떻게 할 수 없는 그 사람만의 모습이 보이면 그냥 있는 그대로 이해하고 존중해주는 것만큼 좋은 방법은 없다고 생각한다. 도자기를 만들던 그날도 그랬다. 결국 예상한 그대로 내가 한참 먼저 끝났다. 손을 씻고 머리를 매만지고 와도 그녀는 여전히 그릇에 찍을 도장을 고르고 있었다. 아직 시간이 더 필요한 것 같아서 옆에서 기다렸다. 남은 흙은 몰래 모아 하트 모양을 만들어 주머니에 넣으면서.

상실의 아픔

Loss

만남을 간직한다는 것은 불가능해.
언제나 헤어짐으로 완성되기 마련이야.

노영심 〈안녕〉 가사 중에서, 김창완의 말

"지금 못 자고 있다면

무엇 때문에 아직 못 자는 건가요?"

굿나잇이라는 제목으로 책을 쓰기로 결정하고 나서부터 자연스레 타인의 밤에 더 많은 관심을 가지게 됐다. 그리고 저 말은 아침에 가까운 시간이 될 때면 가끔 SNS에 올리던 질문이다. 다른 사람들은 어떤 이유로 잠들지 못하는 걸까 생각해보면 흔히 떠올릴 수 있는 대답이 많았다. 아직 근무 중이다. 시험 공부 중이다. 커피를 많이 마셔서 잠이 안 온다. 자다가 깼다. 악몽을 꿨다. 전에 만나던 사람이 보고 싶다. 이유를 모르겠다 등등. 보통 우리가 예상할 수 있는 범위 안의 대답이 많았지만 의외인 것도 있었다. 내가 생각한 것보다 상실의 아픔으로 인해서 잠들지 못하는 사람이 많았던 것이다.

여기서 말하는 상실의 아픔이란 연인을 잃은 것을 말하

는 게 아니다. 친구도 아니다. 사랑하는 가족을 잃은 아픔을 말한다. 사랑하는 가족을 먼 곳으로 보내보지 않은 사람이라면 절대 못 느낄, 그 자체로 하나의 밤이 되는 감정일지도 모른다. 여느 날처럼 잠이 오지 않던 밤에 평소에 하던 질문을 했다. 평소와 똑같은 답변들 사이에 한 답변이 눈에 띄었다. '내가 과연 좋은 자식이었을지 모르겠다'고 말하는, 후회가 가득 담긴 답변이었다. 그 답변이 자꾸 아른거려서 어떤 좋은 말이라도 해주고 싶은 마음에 메시지 보내기를 눌렀다가, 마음이 쿵 하고 내려앉는 것을 느꼈다. 한참 전부터 내 글을 읽어 주시던 분이었는데, 아주 옛날에 서점에서 했던 행사에 관한 짧은 후기가 담긴 메시지를 시작으로 꽤 많은 메시지가 쌓여 있었다. 응원의 메시지를 보면서 마음이 내려앉았던 건 글이 너무 좋다는 메시지들이 어느 순간부터는 어머니에 대한 그리움으로 바뀌어 있었기 때문이다.

상황으로 어림잡아보건대 처음 메시지를 보낸 이후 어머님께서 세상을 떠나셨고, 어머니가 보고 싶을 때마다 글이 좋다고 메시지 보내던 그 메시지함에 마치 대나무 숲에 외치

듯 글을 남겨놓은 것 같았다. 그분이 그럴 수 있었던 건 오래 전부터 내 글을 읽어줬기 때문이 아닐까 한다. 17살에 어머니가 세상을 떠났다. 그리고 2년 전에 아버지마저 세상을 떠났다. 그런 모습을 SNS나 책을 통해서 지켜봤다면 어머니가 보고 싶을 때마다 메시지를 보낼 용기가 조금은 생겼을 수도 있다고 조심스럽게 생각했다. 저 사람도 겪어본 일이니 조금은 공감해주지 않을까 하는 마음이 피어났을 수도 있다.

상실의 아픔이라. 그것도 가족의 상실. 많은 영상과 종교, 음악, 책이 상실의 아픔에 대해서 이야기한다. 힘들어서 기댈 수 있는 모든 것을 다 동원해봤지만 사실 나에게 그 무엇도 도움이 되는 건 없었다. 머리로는 알아도 마음이 못 받아들이는 게 때로는 존재하는 법이니까. 나에게 상실의 아픔이란 그런 것이었고 아무리 머리로 이해할 수 있는 이야기를 잔뜩 들어도 마음에 큰 구멍이 하나 생긴 사람처럼 어쩔 줄을 몰랐다.

바로 직전에 냈던 책에 썼던 말이지만, 어머니가 세상을 떠나고 무려 십 년이 넘는 시간 동안 매일 생각했었다. 도대체 왜 이런 일이 나에게 일어난 것인지. 도대체 이 고통과 슬픔으로부터 무엇을 깨달아야 하는 것인지. 십 년이 넘는 시간 동안 매일 생각해서 얻은 결과는 하나였다. 내가 남들보다 조금 더 빨리 겪은 것일 뿐이라는 거였다. 사랑하는 가족의 죽음은 나만 겪는 일이 아니라 사람이라면 모두 겪는 일인데 내가 조금 더 빨리 겪은 것일 뿐이라는 사실이었다. 아버지가 돌아가시고 나서도 나는 이 말을 계속 되뇌며 버티고 또 버텼다. 그래서 지금은 어떻냐고? 2년이 지난 지금 조금은 괜찮아졌냐고?

아니. 전혀 그렇지 않다. 똑같이 슬프고 똑같이 힘들고 똑같이 아프다. 냉소적으로 들릴 수도 있는 말이겠지만 십 년 넘게 매일 생각한 결과로 깨달은 것도 그다지 도움이 되지 않았다. 이 사실을 통해서 내가 다시 깨달은 건 어떤 고통이나 슬픔으로부터 무언가를 깨달았다고 해서 꼭 그게 다음에 일어날 아픔에 방패가 되어주지는 않는다는 거였다. 방패가 될 수 있는 게 있고 없는 게 있을 텐데, 최소한 상실의 아픔 같은 것엔 방패가 되어주지 못한다는 게 내 결

론이었다. 이미 한 번 어머니를 떠나보내 봤고 그 뒤로 십
년이 넘도록 매일 고통스러워하면서 어떤 깨달음까지 얻
었는데 그 다음번의 이별도 똑같이 힘들었다. 오히려 그동
안 더 오래 함께했으니 더 자세히 아팠다.

그럼 도대체 무엇으로 상실의 밤을 견뎌야 할까? 사랑하
는 가족을 잃은 것만큼 힘든 시간을 보내는 사람에게 어떤
말을 건네야 할까? 사실 나도 잘 모르겠다. 어떻게 해야 하
는 건지. 방법을 알고 있다면 내가 제일 먼저 알고 싶을 정
도로 간절하지만 모르겠다. 답을 알 수 없는 질문에 대해
계속 생각하다가 요즘은 이런 결론에 도달했다. 방법도 정
답도 모르겠다면 우리 그냥 살아보는 건 어떨까? 어떻게
해야 하는지 정답을 찾을 때까지 말이다. 그냥이라는 말이
때로는 무책임할 수도 있지만 때로는 그보다 더 완벽한 이
유도 없으니 삶이 나에게 이런 아픔을 준 이유를 찾을 때까
지 그냥 한 번 살아보자 우리. 그냥 한 번 살아보자. 죽을
만큼 힘든 어떤 당신과 상실의 아픔에서 아직 벗어나지 못
한 나에게 해주고 싶은 말이다.

절대 후회하지 않는 두 가지 선택

Choice

모든 건물은 외력과 내력의 싸움이야.

바람, 하중, 진동, 모든 외력을 계산해서

그거보다 세게 내력을 설계하는 거야.

항상 외력보다 내력이 세게.

인생도 어떻게 보면 외력과 내력의 싸움이고.

무슨 일이 있어도 내력이 있으면 버티는 거야.

드라마 〈나의 아저씨〉 중에서

어느 날 고등학교 동창으로부터 메시지가 왔다. 잠깐 통화 좀 할 수 있겠냐는 내용이었다. 졸업하고 난 뒤로 처음 온 연락이었기에 무슨 일인지 궁금해서 단번에 전화를 걸었다. 전화를 받은 친구와 이런저런 근황을 주고받았다. 그리고 친구는 곧 전화를 건 이유를 설명하기 시작했다. 사실은 도서관에서 사서로 일하고 있는데 가을에 열릴 강연에 참여해줄 수 있냐는 말을 하고 싶어서 전화 좀 하자고 이야기했단다. 내가 글을 쓰고 있다는 건 친구들을 통해서 들었다고. 가을이면 날씨도 좋을 텐데, 강연장에 아는 사람 한 명 정도 있으면 마음이 좀 편할 것 같아서 하겠다고 대답했다. 다만 조금 고민됐다. 자유롭게 하고 싶은 말을 하면 된다는 말에 어떤 말을 하면 좋을지를 모르겠어서.

전염병이 전 세계를 뒤덮고 많은 것이 변하기 시작했다. 여행, 업무 방식, 직업, 취미, 일상 전반적인 것들이 다 바

꿰었다. 그래도 그나마 긍정적인 효과를 하나 찾아보자면 사람들이 자기 자신에 대해 이전보다 더 관심을 갖게 됐다는 것이다. 지금은 무엇을 하더라도 예전만큼 선택지가 넓지 않다. 예전에는 여행을 간다고 가정하면 해외, 국내, 사람 많은 곳, 사람 적은 곳, 선택할 수 있는 게 많았다. 그런데 지금은 어떤가. 국내의 사람 없는 곳을 다닐 때에도 조심스럽게 다녀야 한다. 선택지가 좁아지면 좁아질수록 내가 무엇을 좋아하고 무엇을 싫어하는지 알아야만 더 선택하기가 쉬워진다.

사람은 늘 선택하면서 살아간다. 내게는 지난 시간을 되돌아볼 때마다 절대 후회하지 않는 선택이 두 가지가 있다. 그 이야기를 하면 좋을 것 같았다. 하나는 20대에 번 돈을 무언가를 배우는 데 대부분 사용했던 것이다. 사진 촬영, 영상 촬영 및 편집, 운동, 글쓰기, 음악, 커피, 포토샵, 꽃 등등 정말 안 배워본 게 없었다. 물론 배웠던 것들을 지금 모두 사용하지는 않는다. 그럼에도 뭔가를 배우는 데 번 돈을 모두 사용한 것을 후회하지 않는 이유는 어떤 것에 도전할 때 오는 두려움이 사라졌기 때문이다. 낯선 일을 시작하는 일이 그렇게 어렵고 두려운 일이 아니라는 걸 무언가를 배우면서 알게 됐다.

또 다른 하나는 내 취향이 무엇인지를 알아가는 데 많은 시간을 사용한 것이다. 물이 들어간 커피를 좋아하는지 우유가 들어가는 커피를 좋아하는지에서부터 어떤 사람에게 사랑에 빠지고 어떤 사람에게 실망하는지까지 모든 취향을 알아가는 일이었다. 내 취향을 내가 알아가면서 가장 좋았던 건 내가 무엇을 했을 때 행복하고 그렇지 않은 사람인지 알 수 있게 된다는 거였다. 남들이 다 하는 거. 누가 좋다고 하는 거. 그런 것보다 내가 뭘 좋아하고 뭘 하고 싶은지 아는 일은 점점 더 어지러워지는 세상에서 나의 중심이 되어준다.

지금이라도 늦지 않았으니 많은 사람이 무언가를 배우는 데 자신이 번 돈을 사용하고 스스로의 취향을 알아가는 데 많은 시간을 보냈으면 좋겠다고 이야기하면 괜찮을 것 같았다.

　대기실에서 미리 써놓은 대본을 몇 번이나 읽었던 덕분에 무탈하게 이야기를 마칠 수 있었다. 강연이 끝나고 휴게실에 앉아 사인을 하면서 잠깐 이야기를 하는 시간으로 그날 행사는 끝났다. 행사를 주최해준 친구에게 고맙다는 인사를 건네고 도서관을 나섰다. 가을바람이 선선한 토요일 오후였다. 맛있는 커피 한잔하면 좋을 것 같아서 이것저것 검색해보는데 그렇게 멀지 않은 곳에 유명한 카페 한 곳이 있단다. 예전부터 가보고 싶었던 곳이라 얼른 주소를 찍었다. 도착해서는 메뉴판도 보지 않고 아이스 아메리카노를 시키겠지. 사람들이 사진을 많이 찍는 곳보다는 그 옆에 작은 책장 앞에서 더 오래 머무르겠지. 모든 사람이 누군가와 함께 왔더라도 혼자 편하게 커피를 마시겠지. 낯선 장소에 그것도 모두 여럿이서 함께 온 곳에 혼자 있다고 해서 부끄러운 게 아니니까. 그리고 그곳이 한국이 아니라 외국이었더라도 내가 전혀 해보지 않은 어떤 일이었더라도 똑같았을 것이다. 새로운 것에 도전하는 일은 두려

운 게 아니니까. 나는 내가 뭘 좋아하고 뭘 싫어하는지 알
고 있으니까.

누구도 들어올 수 없는 방

Room

너 하나뿐이야. 날 울고 싶게 만드는 사람은.

너 하나뿐이야. 나 자신을 자책하게 만드는 사람은.

너 하나뿐이야. 내가 살아있음을 느끼게 해주는 사람은.

Matt Maltese ⟨Curl Up & Die⟩ 가사 중에서

그거 알아?

보통 사람들은 처음에 낯을 가리다가

점점 마음을 열잖아. 너는 반대였어.

처음부터 지금까지 늘 편하게 대해줬고

장난도 많이 치거든? 똑같아 항상.

근데 절대 그 누구도 들어갈 수 없는

방 하나를 가지고 사는 사람 같아.

아무도 들어갈 수 없는 영역이 있어.

최근에 들은 이야기 중에 가장 멈칫하게 만드는 말이었
다. 친구 두 명과 저녁도 먹을 겸 가볍게 한잔하다가 나온
이야기였다. 어떤 이야기를 시작으로 저런 말까지 나왔는
지는 기억나지 않지만 그 말을 듣자마자 딱 한마디를 할 수
밖에 없었다.

"어떻게 알았지?"

예전에는 그러지 않았는데 점점 솔직해지는 게 어려워지기 시작했다. 창작자의 성공과 실패는 자신의 이야기를 솔직하게 적어서 얼마만큼 불특정 다수에게 겁먹지 않고 뱉을 수 있는지로 판가름 난다고 말하던 내가 말이다. 언제부터 이렇게 된 걸까. 우선 코로나가 한몫했던 것 같다. 솔직해지면 솔직해질수록 마음속 깊은 곳에 있던 이야기가 나올 때가 많은데 보통 그런 이야기는 어두운 이야기인 경우가 많다. 안 그래도 사람들이 다 지쳐 있는데 굳이 이런 이야기를 할 필요가 있을까 싶었다. 두 번째는 여러 작업을 시작하면서였다. 출판과 관련해서 계약한 회사들도 점점 쌓이기 시작했고 외부에서 진행한 프로젝트 때문에 알게 된 사람도 많았다. 문제는 그런 모든 분이 다 내 SNS를 보고 있다는 거였다. 하지만 가장 크게 영향력을 미쳤던 건 마지막 이유였다.

예전엔 사람들과 가까워지는 나만의 방법이 내가 가진 상처를 보여주는 것이었다. 난 이런 상처를 가지고 있어. 너도 상처가 있지? 그러니 우린 같은 편이야, 하는 마음이었다. 물론 그 방법이 늘 나쁜 결과만 가져오는 건 아니었지만 시간이 흐를수록 그런 이야기를 하고 집으로 돌아와서 후회하는 날이 많아지기 시작했다. '왜 그랬을까. 왜 그런 말까지 했을까.' 그렇게 상처를 보여줬던 게 오히려 약점이 됐던 적이 많았기 때문일까? 나는 이런 복합적인 이유들로 점점 더 아무도 들어올 수 없는 나만의 영역이 생기고 있다는 결론을 내렸다.

그러니까 나만의 영역은 일종의 보호 체계인 것이다. 보통 그 누구도 들어올 수 없는 공간에 있는 이야기들은 나조차 감당하기 힘든 일이거나 언젠가 나를 다치게 할 것 같은 이야기가 대부분이다. 그래서 그 누구도 들어오지 말라며 문을 잠그고 또 잠그는 것이다. 문제는 아무리 그렇게 보호를 하려고 문을 몇 번씩 닫더라도 꼭 그걸 허무는 사람이 있다는 것이다. 올해 초에는 일 때문에 친해지게 된 사람에게 친구한테도 하지 못했던 말을 한 적이 있었다. 내 글을 읽어주는 사람들에게는 단 한 번도 하지 않은 비밀 이야기를 한 적도 있었다. 나는 그렇게 마음을 열게 하는 사람의 공통점을 찾아보려고 했지만 결국 찾지 못했다. 그리고 또 어떤 상황에서 내가 마음의 문을 여는지에 대한 이유도 찾지 못했다. 하지만 분명 그러지 말아야지, 그러지 말아야지 하면서도 정신을 차려보면 또 이야기를 꺼내고 있거나 비밀을 말하고 싶은 충동이 들게 하는 사람은 존재한다.

앞으로도 마음 아픈 일은 여전히 일어날 것이고 난 또 나를 보호하겠다는 명목으로 나만의 영역을 만들 것이다. 아무도 들어오지 않았으면 좋겠다면서 굳게 문을 닫겠지. 그러다 또 나도 모르게 어떤 사람한테는 그 문을 활짝 열겠지. 내가 왜 이러지 하면서.

자꾸 네 앞에서는 솔직해지네.

어쩌면 이 말은 당신이라는 존재가
나한테 꽤 특별한 사람이라는 것을 뜻할지도 모르겠다.

사랑하는 사람의 소중함을
깨달은 날

Precious

생각해봤는데 내가 20대의 전부를

내 인생의 4분의 1을 너랑 함께했더라.

그래서 참 다행이다 싶었어.

인생의 가장 좋은 시절들을 너랑 같이 보낼 수 있어서.

그러니까 뭐 힘든 일 있거나 도울 일 있으면 연락해.

우린 연인 사이기도 했지만, 너무 오랜 친구이기도 하잖아.

너무 늦은데 연락했지. 피곤할 텐데 얼른 자 끊을게.

드라마 〈이번 생은 처음이라〉 중에서

"형, 저는 솔직히 형이 결혼 안 하실 줄 알았어요."

속으로만 생각하고 있어야 했던 말인데, 그만 입 밖으로 나와버렸다. 친한 형의 결혼식이 끝나고 와줘서 고맙다며 따로 자리를 마련했을 때 했던 말이다. 결혼식이 진행되는 동안에도 친구들이랑 함께 계속 같은 말만 반복했었다. 저 형이 결혼을 하다니…

일하는 걸 정말 좋아했던 형이다. 한 사람과 몇 년 연애를 하긴 했지만 결혼은 별생각 없다고 늘 말하는 사람이었다. 그랬던 사람이 어느 날 갑자기 청첩장을 보내온 것이다. 가끔 연락해서 안부를 물을 때면 여자친구와 무난하게 잘 지낸다는 대답만 하던 사람이.

술자리가 무르익을 때쯤 건넨 내 말 한마디에 분위기가 사뭇 진지해졌다. 형은 그냥, 이라는 대답으로 이야기를 넘기려고 했지만 그날따라 정말 이유를 알고 싶었다. 결혼 안 하고 싶다는 이유는 물어보지 않았으니 결혼을 결심한 이유만 말해줄 수 없냐면서 부탁을 하자 조심스럽게 말문을 띄웠다. 그리고 나는 그날 그 형에게서 들었던 10분 남짓한 이야기가 많은 사람에게 전해졌으면 좋겠다고 생각할 만큼 인상 깊게 남아있다. 사랑하는 사람에게 익숙해진 사람. 이 사람과 평생을 함께해도 될지 결정하지 못한 사람. 누군가를 사랑할 준비를 하고 싶은 사람. 모두에게 도움이 될 것 같아 그날 내가 들었던 이야기를 대신 전하고 싶다.

너도 나 알지? 놀아볼 만큼 놀아도 봤고 겪을 일 안 겪을 일 다 겪어보고 일도 좋아하잖아. 꿈을 꾸었어. 정말 잘 때 꾸는 꿈 말이야. 공원 같은 곳을 지나가고 있었다? 주변에는 사람들도 되게 많았어. 대부분 가족 단위로 온 사람들이 많았거든. 풍선도 날아다니고 날씨도 정말 좋고 누가 봐도 행복한 그런 모습 있잖아? 그 사이를 걸어가고 있는데 바로 옆에 내 여자친구가 있는 거야. 근데 나를 한번 쓱 봐. 그러더니 원망 섞인 눈빛으로 나를 보더니 고개를 돌리고는 다른 사람의 이름을 부르는 거야. 여자친구가 이름 부르는 곳 쪽을 봤는데 어떤 남자가 서 있었어. 아이도 두 명 있었고. 내 여자친구가 달려가서 아기를 껴안더라. 그 모습을 보면서 아무렇지 않은 척 그 옆을 지나갔어. 근데 눈물이 계속 나는 거야. 정말 눈물이 멈추질 않고 계속 나는 거야.

행복해 보이는 사람들 사이를 한참을 걸어갔는데 그래도 계속 눈물이 멈추지 않는 거야. 너무 슬퍼서 막 뛰었다? 울면서 한참을 뛰다가 꿈에서 깼어. 그런 거 있지? 어떤 꿈은 일어났을 때 여전히 현실처럼 느껴지는 거. 잠에서 깼는데도 내가 울고 있더라고. 슬픈 감정이 그대로 남아있어서 난 그게 정말 현실이라는 생각이 들었어. 그래서 황급히 휴대폰부터 봤어. 근데 정말 다행히도 꿈이었던 거지. 자긴 먼저 일어났다고, 잘 자고 일어나서 연락하라는 메시지가 와 있는 거야. 평소와 똑같은 말투로. 그 메시지를 보자마자 그 자리에서 또 엉

엉 울었어. 모르겠어. 왜 그렇게 슬펐는지. 이 이야기를 하면 지금도 눈물이 나려고 할 정도라니까.

그리고 그날 여자친구를 만나러 갔는데 차마 그런 꿈을 꿨다고 말 못 하겠더라고. 그냥 평소처럼 데이트를 했어.

그날 저녁에 집으로 들어와서 내가 무슨 생각을 했는 줄 알아? 아, 안일했구나. 일도 바쁘고 피곤하기도 하고 우리 사랑이 안전하다는 생각으로 안일했구나. 처음부터 이 사람은 이렇게 늘 아름다웠는데 내가 변했던 거구나. 그걸 인정해야 하는데 인정하기가 싫었던 거야. 내가 좀만 잘하면 된다는 걸. 내 옆에서만 행복할 거라는 오만한 생각은 버려야 해. 나보다 좋은 사람 많아. 내 여자친구가, 내 남자친구가 내 옆에서 영원할 거라는 거. 그 생각을 버리는 순간부터 모든 게 다 고마워져. 그럼 사랑도 깊어지고. 한 번 생각해봐. 내 옆에 있는 그 사람이 다른 사람의 이름을 부르고 다른 사람의

아이를 껴안는 모습을. 그래도 눈물이 나지 않는다면
차라리 헤어져. 근데 정말 미친 듯이 슬플 것 같다면 최
선을 다해야 해.

이별이 힘든 이유

Farewell

이번이 마지막일 거예요

공중전화 부스에서

동전도 넣지 않고

당신 이름을 부르는 일

신미나 〈입김〉 중에서

“그래서 이렇게 끝내자고?

진짜 진심으로 하는 이야기야?”

작업실 근처에 작은 카페가 하나 있습니다. 진한 커피가 마시고 싶을 때마다 주로 찾는 곳입니다. 그날도 점심을 먹고 카페에 들렀다가 한 연인의 이야기를 들었습니다. 카운터 바로 앞에는 테이크아웃을 하는 사람을 위한 의자가 하나 있습니다. 그날따라 주문이 밀린 것 같아 보여서 의자에 앉아 기다리다가 바로 뒤에서 연인이 하는 이야기를 들어버린 것입니다. 의자가 움직이는 소리가 나고 얼마 지나지 않아서 남자가 깊은 한숨을 쉬었습니다. 이야기가 끝나고 여자는 밖으로 나가는 듯했으나 남자는 그 자리에 그대로 앉아있는 듯했습니다. 밖은 한겨울임에도 제법 따뜻한 오후였습니다.

작업실로 돌아와 커피를 마시는데 아까 들었던 이야기

가 맴돌았습니다. 무슨 일이 있었길래 오후에 사람 많은 카페에서 이별을 한 것일까. 왜 남자는 뒤따라 나가지 않았을까. 왜 그토록 여자는 냉정했을까. 생각이 조금씩 넓어지다가 사랑의 시작과 끝에 닿았습니다. 언젠가 지인들끼리 이런 이야기를 주고받은 적이 있습니다. 만약 옛 연인을 우연히 카페에서 마주친다면 태연하게 커피를 주문할 것인지 아니면 못 본 척하고 나갈 것인지요. 사람마다 대답은 다 달랐습니다만 저는 늘 똑같은 대답을 했습니다. 어떤 상황이든 무조건 못 본 척하고 나갈 거라고요. 어떤 사람은 굳이 왜 네가 피해야 하냐고 물어보기도 했지만 그런 뜻이 아니었습니다. 같은 장소에 있기 싫어서 나가는 거였습니다. 그럼 사람들은 다시 질문해왔습니다. 같은 공간에 있기 싫을 만큼 안 좋은 이별을 했냐고요.

저는 다시 대답했습니다. 이별을 통해서 무언가를 깨달아서 좋은 이별이 될 수는 있지만 이별이라는 행위 자체가 좋았던 적은 단 한 번도 없었다고요. 사랑을 쉽게 시작하지 않는 편이라 한번 시작하고 나면 깊이가 깊었기 때문에 헤어질 때는 볼 꼴 못 볼 꼴 다 보고 헤어지는 경우가 많았습니다. 영화나 드라마에서는 서로 합의하에 이별하기도 하던데 저는 그런 이별을 해본 적이 단 한 번도 없었습니다. 우리 친구사이로 지내는 게 좋겠다. 우리 이제 그만하는 게 어때? 서로 가진 생각을 공유하고 그 생각의 합의점이 이별로 이어지는 일은 한 번도 해보지 않은 일입니다. 최대한 부드럽게 이야기하거나 들으려고 했지만 제가 경험한 이별은 통보를 받거나 통보를 하는 식이었습니다. 어느 날은 제발 이별하는 이유라도 알려 달라면서 매달리기도 했었고 어떤 날은 떠나지 말라는 사람을 두고 차갑게 돌아서는 쪽에 속하기도 했습니다.

이별과는 반대로 사랑은 늘 둘이 시작했습니다. 제가 누군가를 좋아한다고 해서 모두 연인이 된 건 아니었습니다. 반대로 누가 저에게 좋은 마음을 가지고 있다고 해서 반드시 사랑이 시작된 것도 아닙니다. 누가 먼저 시작됐든 서로 좋아하는 마음이 피어나야 마침내 연인이 될 수 있었습니다. 일방적인 한쪽의 마음으로 연인이라는 관계가 되는 건 극히 드문 일일 것입니다.

　마음에는 문이 하나 있습니다. 먼저 좋아하는 사람이 문고리를 먼저 잡고 있었을 뿐이지 결국은 두 사람이 함께 엽니다. 서로의 마음을 넘나들면서 오래된 사랑의 문을 함께 여는 것입니다. 먼지가 쌓여 있고 녹슬어서 거친 소리가 나는 문이 열리고 나면 평범했던 일상이 특별해지기도 하고 전화기를 붙잡고 늦게까지 이야기가 이어지기도 할 것입니다. 사랑의 시작과 끝에 대해 생각하다가 이별이 힘든 이유가 어쩌면 이것 때문일지도 모른다고 생각했습니다. 사랑의 시작은 서로 함께해야 가능하지만 이별은 한 사람만의 결정만으로도 가능하니까요. 두 사람이 힘을 모아 함께 열었던 문을 때로는 한 사람이 닫아야 할 때도 있었습니다.

사랑이 끝났을 때
비로소 알게 되는 것들

End

너와 나란히 걸었지

또 반복되는 싸움에

우리 꼭 잡은 두 손을 놓지 말자던

그 말은 쉬웠지

그렇게 너는 멀어져가고

점점 난 작아 없어지겠지

세상에서 사랑이 가장 아름답던데

우리는 이 정도 점일 뿐이야

공류영 〈너와 나〉 가사 중에서

내가 제일 마지막일 줄 알았는데 아직 한 명이 오지 않았다. 갑자기 회의를 하는 바람에 원래 모이기로 했던 시간보다 조금 늦게 도착할 것 같다고 미리 연락해둔 상태였다. 지인들끼리 오랜만에 모이는 자리였다. 어디를 가야 할지 모르겠어서 돌아다니다가 가장 넓어 보이는 곳으로 들어왔다는데 20대 초반인 친구들이 많이 있는 홍대 근처 술집이었다. 자리에 앉아 밀린 안부 인사를 나누고 있는데 한 명이 아직 오지 않은 그 사람의 소식을 전했다.

"남자친구랑 같이 있어서 좀 늦었다는데?

지금 거의 다 왔다는데 남자친구도 잠깐 올라오라고 할까?"

이야기를 듣자마자 너무 좋다며 얼른 마중 나갔다 오라는 말을 했다. 평소 같았으면 낯선 사람이 오는 걸 싫어했을 것이다. 누구의 여자친구고 남자친구더라도 나랑은 모르는 사이니까 좀 불편하고 어색하달까. 무슨 말을 해야 할지도 모르겠고 또 그렇다고 아무 말 하지 않고 가만히 있기에는 숨이 막혔다. 그런 성격임에도 불구하고 얼른 마중 나갔다 오라는 말을 건넸던 건 아직 오지 않은 그 사람의 지난 연애를 알고 있었기 때문이었다. 그녀는 어린 친구들이 가득 차 있는 이 술집에 있어도 이질감 없을 만한 나이다. 모든 것이 실패보다는 기회에 더 가까운 나이다. 그런 그녀가 남자친구랑 헤어진 지 얼마 안 됐을 때 모이기만 하면 한 여자에 대한 이야기를 늘어놓았었다. 헤어진 남자친구의 여사친에 관한 이야기였다.

연애를 하는 내내 남자친구가 그 여사친에 대한 칭찬을 그렇게 했단다. 그뿐만 아니라 이야기를 들으면 들을수록 어딘가 불편한 기분을 느낄 수밖에 없는 이야기가 가득했다. 당연히 그녀는 자존감이 낮아질 수밖에 없었고 이별하고 난 뒤에도 그 여사친의 SNS를 보면서 자기 자신과 비교하는 날이 많았다. 자신이 그 여사친 같은 사람이었다면 이별하지 않았을 거라는 생각을 하고는 했었다. 아무리 봐도 그녀가 그 여사친보다 훨씬 더 좋은 사람 같았지만 우리의 칭찬은 제대로 작용할 리가 없었다. 그녀는 끊임없이 여사친과 자기 자신을 비교하고 깊은 우울에서 빠져나오지 못했다.

그때가 봄이었다. 밖은 산책하는 연인들로 가득하던 계절이었다. 그리고 꼬박 일 년이 지나서 다시 만나게 됐는데 남자친구랑 함께 있느라 약속에 늦었다는 이야기가 들려온 것이다. 오랜만에 만난 그녀는 자리에 앉기도 전에 이미 봄처럼 웃고 있었다. 뒤따라 들어온 그녀의 새로운 남자친구도 착하고 선한 사람처럼 보였다. 저녁을 아직 안 먹었다는 말에 안주를 따로 챙겨주고는 흔히 처음 보는 사이에서 나눌 수 있는 이야기들을 나눴다. 한 가지 다른 점이 있다면 그녀도, 그녀의 남자친구도 얼굴에서 웃음이 사라지지 않았다는 것이다. 짧은 대화가 끝나고 조금 더 조용한 장소로 이동하기 위해서 자리에서 일어났다. 그녀의 남자친구는 잠깐 들르기도 한 거고 해야 할 과제가 있다면서 인사를 건네고 우리와 반대편으로 걸어갔다.

거리에는 사랑 앞에서라면 어떤 맹세도 덜컥 할 것 같은, 나보다 훨씬 어린 사람들이 가득했다. 덩달아 나도 그때의 내가 떠올랐다. 그때의 사랑도 함께 말이다. 서툴렀다. '그 땐 어렸잖아'라는 말로밖에는 설명할 수 없을 행동을 그게 옳다는 듯이 하고는 했었다. 왜 그땐 그렇게 한 사람하고 이별하고 나면 내 사랑이 모두 끝난 것처럼 느껴졌을까. 다 시 사랑할 수 있을 거라는 말이 왜 와닿지 않았던 건지 도 무지 모르겠다며 혼잣말을 중얼거렸다.

조용한 곳으로 자리를 옮기고 나서 그녀가 먼저 나에게 말을 꺼냈다. "고마워요. 작년 봄에 힘들 때 이야기 들어주 고 좋은 말도 해줘서 너무 고마웠어요." 새로운 사랑을 어 떻게 시작하게 된 건지, 지난 사람은 잘 지워냈는지, 어느 부분에서 그 사람에게 확신이 든 건지 묻고 싶은 건 많았지 만 하나도 묻지 않았다. 오늘 본 그녀의 표정만으로도 지난 일 년의 시간을 느낄 수 있었으니까.

사랑할 때는 흔히 갑을 관계가 형성된다. 사랑할 땐 갑이었던 사람이 훨씬 더 우위에 있다. 눈치도 안 봐도 되고 불안을 느끼지 않아도 되고 사과 또한 자신이 기분 내킬 때마다 한다. 하지만 헤어지고 나면 정반대로 바뀐다고 생각한다. 을이라고 생각했던 사람이 헤어지고 나서 더 힘든 것처럼 보일 수도 있으나 시간이 지나면 오히려 더 괜찮아진다. 상대방에게 모든 것을 맞추느라 모르고 있었을 뿐이지 그 관계가 옳지 못했다는 게 조금씩 객관적으로 보이기 때문이다. 게다가 사랑할 때 할 수 있는 것도 다 해봤고 이별하고 난 뒤에 그 누구보다도 괴로워해봤으니 이제 좋은 사람을 만나 사랑할 차례만 남은 것이다. 가끔 어떤 사람들은 많이 좋아해봤자 속된 말로 호구만 될 뿐이라고 말하지만, 과연 그럴까 싶다. 더 많이 좋아해보고 더 많이 기다려보고 더 많이 아파본 사람이 나중에 더 사랑받을 확률이 높다는 게 내 생각이다. 그만큼 사랑을 사랑답게 한다는 거니까. 결국 더 많이 좋아한 사람이 진정한 승자다.

무언가를 버리러 떠나는 여행

Travel

행복한 사람은 일기를 쓰지 않는다. 쓸 시간이 없기 때문이다. 그래도 쓴다면 그것은 연인과 열어갈 미래의 달콤한 상상이거나 행복한 지금을 기억하기 위해 자신에게 보내는 편지다. 파리에 온 나는 매일 일기를 쓴다. 오늘은 그 아이와 헤어진지 31일째다.

이동섭 저서 〈파리로망스〉, 앨리스

무엇 때문이었을까. 날씨가 좋아서였는지 삶이 밋밋해서 그랬는지 아니면 당신의 부재 때문이었는지. 덥석 지구 반대편, 한 번도 가보지 않은 나라로 향하는 비행기를 예약했다. 같이 떠나기로 한 친구와 만나 하루 만에 비행기, 숙소를 모두 예약했다. 이제 나에게 남은 건 환전과 짐을 싸는 일뿐. 한 달 동안 생활할 짐을 싸는 건 많은 것이 필요하지 않은 내게도 어려운 일이었다. 무엇을 넣고 무엇을 넣지 않아야 할까.

가끔 사람들은 그런 이야기를 한다. 좋은 곳에 갈 때 편한 옷차림으로 가는 게 진정한 멋이라는. 난 전혀 반대로 생각하는 사람이었다. 좋은 곳뿐만 아니라 심지어 병원이나 은행 같은 곳도 단정한 모습으로 가는 걸 좋아하는 편이다. 경험상 그래야 조금 더 일이 수월하게 진행됐던 기억이 있다. 여행도 비슷했다. 편안함을 누리러 가는 거라지만 차림새만큼은 말끔하고 싶었다. 그러니까 평소대로

였다면 아끼거나 좋아하는 것으로 가방을 채웠겠지만 이번만큼은 달랐다. 버려야 할 만큼 상태가 좋지 못한 것들만 챙기기 시작했다. 왜 그랬는지 모르겠다. 막상 짐을 싸려고 가방을 열어보니 당신 물건이 나와서 그랬는지. 방안을 뒤적거리다 한때 하고 싶었던 일이 떠올라서 그랬는지. 그때 나에게 무언가가 가득 차 있었던 건지.

생각했던 것보다 쉽지 않았고 생각했던 것보다 지내기에 괜찮았다. 그동안 다녔던 여행과 다른 건 공기와 풍경, 사람이나 문화만이 아니었다. 가져간 물건을 끝까지 사용하다가 그곳에 버리고 오는 일이었다. 낯선 나라에서 제일 처음 사귄 친구에게 부탁했다. 혹시 종이에 이렇게 좀 써줄 수 있어요?

'버리는 물건입니다'

곧 찢어질 것 같던 수건은 몇 번 사용하다가 결국 숙소에 버리는 물건이라는 종이와 함께 두고 왔다. 다른 지역으로 가는 기차 안에서는 더는 잡을 수 없을 만큼 짧아진 연필을 버렸고 여행이 끝나갈 무렵에는 한참 전에 버려야 했던 신발을 버렸다. 다 추억이라면서 어릴 때 쓰던 물건까지 모두 품고 사는 사람인데, 여행이 주는 힘이었던 걸까. 낯선 장소에서 적응해야 하고 몸이 지치기 시작하니까 추억은 사치가 된 걸까. 한 달에 가까운 시간 동안 쓸 수 있는 대로 끝까지 사용하고는 버릴 수 있는 건 모두 다 버리고 돌아왔다.

며칠 뒤 짐을 정리하려고 가방을 열었는데 내가 생각한 것과는 달리 여전히 무언가가 남아있었다. 그렇게나 많이 버리고 왔는데 또 물건이 한가득인 것이다. 한 가지 달라진 점이 있다면 거기에 있는 것들은 언제 버려도 이상할 만한 물건이 아니라 누가 봐도 새것처럼 깔끔한 물건들이었다는 점이다. 누나 주려고 샀던 스카프. 사랑하는 사람이 생기면 나눠 끼려고 샀던 실팔찌. 귀여운 아이가 팔던 코끼리 열쇠고리. 버려야 했던 것은 사라지고 새로운 물건이 가득했다.

　그날 이후로는 가끔 무언가를 버리러 여행을 가고는 한다. 많은 것을 얻으러 가는 게 아니라 버려야 하는데 버리지 못하는 것을 가지고 떠나는 여행. 나처럼 무언가를 버리지 못하는 사람에게는 그것도 꽤 괜찮은 방법이다. 버리는 것도 잘 버려야 다시 무언가를 담을 수 있는 법이니까. 그러고 보니 내가 그때 괴로웠던 건 이미 내 사람이 아닌 당신을 붙잡고 있어서 그랬던 걸지도 모르겠다. 당신은 이미 나를 버렸는데 말이다. 잘 이별해야 다시 사랑할 수 있는 건데, 그땐 그걸 몰랐던 거고.

나를 살아가게 하는 말

Be alive

앞산에 고운 잎
다 졌답니다

빈산을 그리며
저 강에 흰 눈 내리겠지요

눈 내리기 전에
한번 보고 싶습니다

김용택, 〈초겨울 편지〉

지금은 다정하고 온화한 말을 하려고 많이 노력하는 편이지만 원래부터 그랬던 건 아니었습니다. 오히려 거칠고 매끄럽지 못한 말을 사용할 때가 많았습니다. 마음이 맑지 않으니 세상을 바라보는 시선 또한 아름답지 못한 시절이 길었습니다. 그랬던 사람이 따뜻한 말의 중요성을 느꼈던 건 창작을 하면서였습니다. 대부분 말이나 글과 관련된 창작물을 만들면서 언어의 지속성에 대한 생각이 짙어지기 시작했습니다.

겨울이면 기억나는 한마디가 있습니다. 어린 시절, 시골에서 세 들어 살 때였습니다. 기름보일러를 사용하는 옛날 집이었습니다. 영하 20도까지 우습게 내려가는 동네였지만 형편이 되지 못했으니 기름보일러를 떼는 일은 없었습니다. 한겨울이면 집 밖과 집 안이 다른 건 바람을 막아 준다는 것 하나뿐이었습니다. 그러던 어느 날 저녁 수도가 동파된 겁니다. 물은 가난처럼 새어 나오기 시작했고 이것

저것 손을 써봐도 멈추질 않는 모습 또한 가난과 닮아있었
습니다. 결국 주인집에 도움을 요청했습니다. 그때 주인집
할머니와 함께 온 아들이 했던 말이 아직도 기억납니다.

"왜 겨울인데 보일러를 안 떼는 건지 이해를 할 수가 없네."

새벽에 친구한테 전화가 온 날이었습니다. 잠결에 받은
전화기에서 들리는 목소리는 어딘가 우울해 보였습니다.
무슨 일로 이 시간에 전화를 했냐고 물어보니 술 한잔 마시
다가 생각나서 전화했답니다. 그러면서 한마디를 덧붙였
습니다.

"이상하게 고독할 때 네가 생각나더라."

그 말은 저한테 생각하지도 못한 큰 힘이 되어주었습니
다. 한 사람이 고독함을 느낄 때 떠오른 얼굴이 저라는 사
실이요. 제가 쓸모 있는 사람처럼 느껴지고는 했습니다.
어떤 말은 이렇게 사라지지 않고 영원히 기억되기도 합니

다. 좋은 기억이거나 상처로 남는다는 차이점은 존재할 테
지만요. 가능한 한 다정하고 아름다운 말을 하고 싶었던 것
도 이런 이유 때문이었습니다. 언젠가 당신이 나에게 물어
본 적이 있었습니다. 어떤 의미로 혹은 어떤 목적과 이유로
삶을 살아가는 거냐고요. 그때 가볍게 대답을 하긴 했지만
이유가 하나 있습니다.

발인을 막 끝냈을 때였습니다. 누나가 저한테 그런 말을
했었습니다. 자기는 오래오래 살 거랍니다. 사랑하는 가족
을 떠나보내는 게 이렇게 힘든데 저한테 이런 일을 또 시킬
수 없다면서요. 자신이 제일 늦게까지 살면서 사랑하는 사
람들 다 떠나보내고 마지막에 떠날 거랍니다. 그 이야기를
들은 이후부터는 삶의 이유가 생겼습니다. 하나뿐인 나의
가족, 누나보다 늦게 세상을 떠나는 겁니다. 어떤 이유로
살아가는 거냐는 질문에 다시 대답합니다. 그때 들은 한마
디 때문에 지금도 살아가고 있습니다.

$Stand$

제3장

스탠드

나를 밝혀주던 것들

사랑은 영어로 LOVE로 표현합니다.
LOVE는 즐겁게 하다는 의미의 라틴어
LUBET이라는 말에서 유래했습니다.
사랑은 즐거운 것입니다.

한 번도 먹어보지 않은 음식을 먹는 게 아니라
평소 먹던 음식을 함께 먹기 때문에 더 맛있게 느껴지고
세상에서 처음 보는 풍경을 만나는 것이 아니라
내 옆에 있는 사람 덕분에 작은 풍경도
영화 속 장면처럼 아름답게 느껴지는 것입니다.

어쩌면 사랑하는 사이에서
할 수 있는 최고의 표현은 이런 말이 아닐까요?
"고마워. 내 평범한 일상을 특별하게 만들어줘서."

13년 동안
한자리에 있었던 사람

Thirteen-year

"왜 이렇게 많이 먹어?"

"아⋯ 오늘 저녁을 안 먹어서요(웃음)."

"왜 밥을 안 먹고 다니고 그래."

주문하지도 않은 꼬마 김밥 한 줄이 떡볶이 위에 올려져 있다. 벌써 몇 년째 오는 건지 모르겠다. 종이에 글을 쓰고 그 종이를 길거리에 붙이면서 활동을 시작했다. 작업이 늦게 끝날 때면 문 연 곳이 별로 없었다. 찾고 또 찾다가 포장마차 한 곳을 발견했는데 마침 제일 좋아하는 떡볶이를 팔고 있어서 그때부터 지금까지 종종 찾는다. 6년도 더 됐다. 왜 그렇게 많이 먹냐고 물어보시고는 무심한 듯 김밥 한 줄을 올려 주시는 그런 곳이다.

그런 날이 있지 않은가. 비싸고 좋은 음식이 아니라 길거리에서 파는 음식이 간절히 생각날 때가. 평소랑 똑같이 퇴근하고 바로 집으로 돌아가는 게 아니라 어디 바람이라도 잠깐 쐬고 들어가고 싶을 때가. 그런 날이면 찾는다. 밤 열두시가 넘은 시간이라 거리는 한산했다. 요즘은 몇 시까지 하시냐고 여쭤봤더니 오늘은 이것만 팔고 들어가려고 하신단다. 좀 쉬고 싶으시다면서.

그 포장마차 이모님의 특징은 사람을 잘 기억한다는 것이다. 코로나 때문에 정말 오랜만에 찾았을 때도 단번에 나를 알아보셨고 많이 먹느라 오래 있을 때면 반갑게 인사를 나누는 사람이 한두 명이 아니었다. 그날도 한 사람을 반갑게 맞이해 주시길래 궁금해서 물어봤다. 어떻게 그렇게 사람을 잘 기억하는지.

한 자리에서 장사를 하신 지 벌써 13년이 넘으셨단다. 그동안 자주 와주던 사람들은 기억한다는 이야기를 시작으로 본격적인 대화가 이어졌다. 요즘은 시기가 좋지 않아서 일찍 닫지만 한참 장사를 하실 땐 새벽 네 시까지는 영업을 하셨단다. 기물을 다 청소하고 나면 아침에 집에 들어가는 날이 많으셨단다. 출근은 보통 오후 2시 전으로 하신다고 하셨으니 거의 열 몇 시간을 그것도 새벽까지 거리에 계시는 것이다. 나처럼 집에서 잠 못 드는 사람도 있지만, 이 모님처럼 일을 하느라 잠을 못 자고 있는 사람도 새벽에는 존재한다. 내친김에 이것저것 더 물어보기 시작했다. 늦은 시간에는 어떤 사람이 가장 많이 오는지.

시기가 좋을 땐 외국인들도 많이 왔고 시험 기간에는 학생들도 많이 왔단다. 술 먹다가 잠깐 들르는 사람도 있었고 주변에서 밤일하는 사람들도 야식을 사러 많이 왔단다. 그 이야기를 듣다가 정말 궁금해서 여쭤봤다. 그렇게 많은 사람을 그 늦은 시간까지 보시면서 혹시 느끼신 게 있냐고.

"느낀 거? 오늘은 왜 이런 걸 다 물어보는데? 힘들어? 장사 오래 하면서 느낀 건 하나야. 열심히 사는 사람들 많아. 새벽에 공부하다가 나오는 애들, 근처에서 밤일하는 사람들, 또 슬퍼서 술 먹고 집에 안 들어가고 방황하는 사람들까지 다들 얼마나 열심히 사는데. 청소하는 사람들도 경찰들도 다 열심히 해. 여기 근처에 잘 곳도 많잖아. 연인들도 얼마나 사랑을 열심히 하는지 아주 닭살 커플들이 깔렸어, 깔렸어. 사랑도 열심히 해. 일도 열심히 해. 열심히 사는 사람 진짜 많아. 새벽에 보면."

언젠가 메모장에 거리 위에는 항상 사람들이 있었다고 적어 놓은 적이 있었다. 내가 가장 부지런하다고 생각할 법한 시간에도 내가 가장 늦게 집에 들어간다고 생각할 법한 시간에도 거리 위에는 늘 사람들이 있었다. 그때의 메모를 떠올리면서 고개를 끄덕이고 있었는데 이모님의 이야기가 더 이어졌다.

"근데 반대로 이상한 놈들도 많아. 돈 안 내고 도망가는 놈. 술 마시면 안 된다니까 편의점에서 술 사 와서 먹겠다고 난리를 치는 놈. 떡볶이 먹다가 경찰에 잡혀가는 놈. 몰라, 무슨 수배자였나 봐. 보자마자 반말하고 돈 던지는 놈. 하루가 다르게 맨날 다른 애인이랑 오는 놈. 이상한 놈도 그만큼 많아. 그러니까 그냥 살아. 남들보다 좀 더 가졌다고 우쭐하지 말고 남들보다 좀 없다고 기죽지 말고 그냥 당당하게 살면 되는 거야."

내가 오늘 좀 힘들어 보였나. 숨긴다고 잘 숨긴 거 같은데. 평소랑 다르게 질문을 많이 해서 그럴까. 예상하지도 못한 말에 왈칵 울어버릴 것 같아서 서둘러 계산을 마쳤다. 금방 또 올게요, 라는 말을 하고 익숙한 거리를 걸어서 주차장에 도착했다. 그래, 벌써 이 포장마차를 찾은 지도 6년이 넘었는데 그동안 많은 것이 바뀌어도 사는 건 여전히 힘들었었지. 버스를 타던 시절에도 이젠 어엿한 어른이 돼서 운전을 하더라도, 이렇다 할 작업물이 없던 시절에도 벌써 여섯 번째 책을 내는 지금도 말이다. 어쩌면 오늘 포장마차 떡볶이가 먹고 싶었던 건 이 이야기를 듣기 위해서가 아닐까. 그래, 남들보다 더 가졌다고 우쭐대지 말고 남들보다 좀 없다고 기죽지 말고 당당하게 살아야지. 밥은 먹고 다니면서.

잠이 오지 않는 밤의 단상 1

Cannot fall asleep

불면증을 오래 앓으면서 알게 된 사실이 하나 있다. 내가 앓는 불면증의 가장 큰 문제점은 다음날 피곤하다는 것도 건강이 상한다는 것도 집중력이 떨어지는 것도 피부가 상하는 것도 아니었다. 바로 쉽게 잠에 못 드는 날이 반복되다 보면 휴식이어야 하는 잠이 마치 엄청난 일처럼 느껴진다는 것이었다. 내가 쉽게 해낼 수 없는 수학 문제를 풀거나 오를 수 없는 거대한 산을 바라보는 것처럼, 이런 생각만이 머릿속을 떠나지 않는다.

"오늘은 일찍 잘 수 있을까?"

달콤하고 편안해야 하는 것이 쉽게 할 수 없는 일처럼 느껴진다는 것. 이게 가장 큰 문제가 아닐까 한다. 매일 밤 침대에 눕는 게 고통스러워질 테니까. 단순히 잠이 오지 않는 거라고 가볍게 여기다가 점점 심각하다는 걸 깨달은 뒤에도 늘 변하지 않는 행동이 있었다. 잠이 오지 않는데 계속 누워있는 거였다. 오래 누워있으면 조금이라도 빨리 잠들 수 있지 않을까 하는 생각이었다. 하지만 쉽게 오지 않던 잠이 오래 누워있는다고 올 리가 없었다. 오히려 누워있으면 누워있을수록 온갖 생각이 머리를 가득 채우기 시작했고 나른해지기는커녕 머리는 점점 더 각성 상태가 됐다. 조금씩 아침에 가까운 시간이 되면 빨리 자야 한다는 생각이 커지기 때문에 오히려 점점 더 잠은 오지 않았다.

이러다가는 도저히 안 될 것 같아서 잠이 오지 않을 때

침대에서 일어나 불을 켜기 시작했다. 시계를 보면서 한숨을 한 번 쉬었다가 책을 읽거나 노래를 들었다. 아니면 떠오르는 걱정과 고민을 종이 위에 하나씩 적어보기도 했다. 어떤 날은 뜬금없이 어릴 때 찍은 앨범을 보기도 하고 드라마를 몰아봤던 적도 있다. 물론 그런다고 해서 잠이 오는 건 아니었다. 다만 그전과 달라진 것이 있다면 마음이 한결 편안해졌다는 것이다. 마치 포기하면 편하다는 말처럼 일찍 잠드는 걸 포기하고 그 시간을 나를 위해 쓰기 시작하니까 오히려 개운한 기분이었다.

지금은 잠이 오지 않으면 불을 켠다. 아니면 은은한 스탠드를 켜놓고 지금 하고 싶어지는 것들을 하나씩 한다. 그게 휴대폰 속 친구들의 프로필 사진을 하나씩 다 보는 것이든 하지 못했던 작업을 이어가는 것이든 상관없다. 잠이 오지 않는 밤 가만히 누워 정처 없는 생각들이 나를 괴롭히게 놔두는 것보다, 오지 않는 잠을 자려고 두 눈 질끈 감고 있는 것보다, 불을 켜고 마음 편히 있는 게 더 중요할 때가 있다는 것을 이제는 안다.

잠이 오지 않는 밤의 단상 2

Cannot fall asleep

미라클 모닝이라는 말이 유행했던 적이 있다. 아침 일찍 일어나서 하루가 시작하기 전에 자신만의 시간을 보내서 더 건강하고 나은 삶을 사는 하나의 자기계발을 뜻한다. 예전엔 비슷한 의미로 아침형 인간이라는 말도 있었다. 아침 일찍 일어나서 자기만의 시간을 보내고 하루를 시작한다는 것, 너무 이상적으로 보일 정도로 당연히 멋진 일이다.

하지만 그것들이 유행할 때 내 생각은 조금 달랐다. 미라클 모닝을 하려면 전제조건이 굿나잇 아닌가? 잘 자야 아침에 일어나든 말든 하지. 아침까지 잠 못 드는 나 같은 사람은 어떻게 미라클 모닝을 해야 하는 걸까.

동시에 그런 생각도 들었다. 새벽형 인간은? 미라클 미드나잇은? 왜 그런 말은 없는 거지? 아마 대한민국에서 새벽을 가장 오래 보낸 사람 순위를 뽑아보면 분명 내 이름이 있을 거라고 자신할 수 있다. 아침에 일찍 일어나서 하루를 시작하는 것도 좋지만 새벽 늦게까지 자신이 하고 싶은 걸 하는 것도 상당히 매력적이다. 새벽의 가장 좋은 점은 고요하다는 것이 아닐까. 여기서 말하는 고요하다는 건 여러 가지 뜻으로 이야기할 수 있다. 늦은 시간이니 정말 세상이 조용하기도 하고 일상에서 나를 감싸고 있는 것들이 다 사라진 고요한 상태이기도 하다.

종일 나를 위한 시간을 하나도 보내지 못하는 사람에게 새벽만큼은 나를 위해 온전히 보낼 수 있는 유일한 시간이다. 집에 들어와서 씻는 것밖에 하지 않았는데 이미 하루가 끝나 있을 때. 오늘 하루가 이대로 끝나는 게 아쉬워서 조금 늦게 자더라도 나를 위한 시간을 보내고 싶어지는 걸지도 모른다고 생각했다. 어쩌면 자려고 누웠을 때 잠이 오지 않았던 이유 중 하나는 오늘 하루 속에서 나를 위한 시간이 없었기 때문이 아닐까. 나를 위한 시간이 어느 정도 채워져야 하루를 잘 보냈다는 느낌도 들고 잠도 오는 걸 텐데 종일 나 아닌 다른 것들을 신경 쓰느라 나를 돌보지 못해서 잠이 오지 않는 걸지도 모른다. 내일 피곤할 걸 알지만 그래도 어쩌겠는가. 새벽이 내 유일한 시간인 걸. 유일하게 나를 돌볼 수 있는 시간인 걸. 오늘도 늦게 잠들 테지만 새벽만큼은 나를 위한 온전한 시간이라고 생각하면 잠 못 드는 밤도 그렇게 괴롭지는 않을 것이다.

어린 시절부터 이어져 온 것

Childhood

가끔 답답할 때면 버스 정류장에 오래 앉아있고는 한다.
버스를 탈 것도 아니지만 오래 앉아있다 보면 나도 모르게
마음이 차분해지는 건 정류장에 관한 좋은 기억이 있기 때
문일 것이다. 중학생 때 아이들은 보통 두 분류로 나뉘었
다. 학교가 끝나고 학원을 가는 사람과 그렇지 않은 사람.
나는 학원에 가지 않는 사람에 속했기 때문에 학교가 끝나

면 동네에서 노는 게 하는 일의 전부였다. 자연스럽게 친구 관계도 학원을 가는 사람과 그렇지 않은 사람으로 나눠서 형성되고는 했었다. 새로운 이야기의 시작은 내가 학원에 다니는 한 친구와 가깝게 지내기 시작하면서부터였다. 중학교가 있던 동네에서 버스로 십 분 정도 떨어진 곳으로 이사를 하게 되면서 버스를 타고 집으로 가야 하는 사람끼리 친하게 지내게 된 것이다.

나, 학원에 다니는 친구, 여자인 친구 셋이서 곧잘 함께 했다. 문제는 두 사람이 서로를 조금씩 좋아하게 됐다는 거다. 학원에 다니는 친구와 함께 동네로 돌아가려면 수업이 끝날 때까지 족히 세 시간 정도는 기다려야 했다. 작은 동네에서 노는 것도 지겨워졌을 땐 정류장에 앉아서 초코우유 하나 마시면서 세 시간씩 친구와 이야기를 나누고는 했다. 대부분이 연애 상담이었다. 그 두 사람이 연인이 될 때까지 그런 날은 계속 이어졌다. 옛날을 떠올려보면 주변 친구들이 나에게 연애 상담을 하는 경우가 많았다. 그렇다고 해서 내가 연애를 잘하는 건 아니었다. 별다른 매력이 없었던 나는 남들보다 연애도 늦게 시작했을뿐더러 내가 누군

가를 좋아하면 그 사람은 나를 좋아하지 않는 일이 빈번했
다. 그런데도 학창 시절을 떠올려보면 누군가의 연애 상담
을 들어주는 쪽에 속했었다. 마치 정류장에 앉아서 이야기
를 나누던 그 날처럼 말이다.

그런 일도 있었다. 수능이 막 끝났을 무렵이었다. 수능이
끝난 이후로는 사실상 학교를 가는 게 별로 의미 없을 정도
로 하는 게 없다. 이도 저도 아닌 것으로 오전 시간을 잘 보
내다 집으로 돌아가는 일이 대부분이었다. 그때 나는 친구
들과 잡담을 나누다 내가 재밌게 본 영화를 설명해주고는
했었다. 아무런 뜻 없이 그냥 시작한 일인데 재밌다면서 다
음날도 친구들이 찾아오기 시작했고 방학을 할 무렵에는
아이들이 꽤 늘어나서 칠판에 분필로 그림을 그려가며 설
명을 해주고는 했었다.

또 그런 적도 있었다. 어릴 때부터 무언가 만드는 걸 좋
아했었는데 이상하게 이미 세상에 존재하는 거 말고 나만
의 방식으로 만드는 것을 더 좋아했었다. 물고기 잡는 도구
같은 건 낚시 가게에만 가도 쉽게 구할 수 있는데 밤을 새

워서 나만의 도구를 만들거나 하는 식이었다. 어느 날은 고무줄 총을 만들겠다고 나무젓가락 몇백 개를 사 와서 내 상체만 한 고무줄 총을 만든 적도 있었다. 무언가를 만드는 행위를 좋아하던 건 크면서 조금씩 형태가 바뀌기 시작했다. 물건을 만드는 것보다 음식을 만드는 데 더 마음을 쓰기 시작한 것이다. 주변 사람들을 집으로 초대하거나 작업실로 불러 나만의 레시피로 요리를 해주고는 했었다. 맛있게 먹거나 허기를 달래거나 잠깐 쉬었다 가는 듯한 표정을 볼 때면 얼마나 기분이 좋았는지 모른다.

어릴 때 이야기를 장황하게 늘어놓은 건 지난날에 대한 회상이나 기록을 위해서가 아니다. 단서에 관한 이야기를 하고 싶었다. 지금 글을 쓰고 사는 삶에 대한 단서가 아주 어릴 때부터 내게 존재했다는 걸 말하고 싶었다. 정류장에 앉아 연애 상담을 하듯 세상 사람들의 이야기를 듣는 것. 내가 경험한 걸 나만의 방식으로 사람들에게 말해주는 것. 우리 집 같은 내 마음에 초대해 당신에게 무언가를 내어주는 것. 이 모든 게 다 어린 시절부터 이어져 온 거라는 생각을 한다. 내가 무엇을 잘할 수 있을지. 어떻게 사는 게 나와 어울리는 삶인가를 고민하는 사람이 많을 것이다. 그런 사람에게 해주고 싶은 말은 당신 삶을 조금 더 자세히 면면히 들여다봤으면 좋겠다는 것이다. 앞으로 나아갈 방향에 대한 단서는 분명 당신 삶에 존재할 테니까. 반드시 있다. 반드시.

4시간 동안 걸어서 출근했던 날

Walk

며칠 밤을 새웠는지 모르겠다. 글이 잘 안 써지면 잠도 안 자고 밥도 안 먹는 습관 때문에 며칠째 제대로 먹지도 잠을 자지도 않은 상태였다. 집 안은 온통 책으로 가득했고 주방에는 커피잔이 가득했다. 문득 이건 좀 아니다 싶은 생각이 드는 것이다. 내가 제일 못 참는 게 두 가지가 있다. 머리랑 손톱이 지저분한 것이다. 뒷머리나 옆머리가 지저

분하거나 손톱이 조금만 길어도 바로 자르는 편인데 손톱
도 못 자를 만큼 마음의 여유가 없는 시간을 보내고 있다
니. 한창 이런저런 생각에 빠져 있을 때 좀 걷고 싶다는 생
각이 들었다.

집에서 작업실까지 걸어서 출근하면
뭔가 기분이 괜찮아질 것 같은데?

어떤 의식의 흐름으로 그런 생각까지 닿았는지 모르겠
다. 평소에 '한 시간 정도 거리면 걸어갈 수도 있지, 얼마큼
보고 싶냐면 지금 뛰어갈 수도 있을 만큼.' 이런 농담을 해
서였을까? 아니면 그동안 못한 산책을 몰아서 하고 싶었던
걸까? 검색을 해보니 집부터 작업실까지 걸어서 4시간 정
도 걸렸다. 고양시에서 마포구까지 4시간이면 괜찮은데?
몇 시간 더 작업하다가 5시쯤 출발하면 남들 다 출근하는
시간쯤이면 작업실에 도착할 수 있을 것 같았다. 그동안 느
끼지 못했던 새로운 감정을 느낄 수도 있고 아무런 느낌도
받을 수 없을지 모르겠지만 그냥 한번 해보고 싶은 기분이
드는 새벽이었다.

작업을 마치고 간단히 샤워를 했다. 작업실에서 읽을 책과 노트북, 물 한 병을 챙겨 현관문을 나섰다. 이른 새벽이라 그런지 거리는 조용했다. 오늘이 올겨울 들어 가장 추운 날이라던데 그 기사를 실감하듯 바람이 매서웠다. 매번 운전하면서 지나가는 길을 걷기 시작했다. 걸어도 걸어도 뒤를 돌아보면 우리 집이 보여서 조금 웃기긴 했지만. 도대체 갓길에 저렇게 많은 차는 왜 서 있는 걸까, 아침 일찍부터 하루를 시작하는 분들이 많으시네, 이런 생각을 하면서 지도를 따라 걷기 시작했다. 예열되지 않은 자동차의 거친 엔진소리 빼고는 아무런 소리도 들리지 않을 만큼 조용한 시간이었다.

생각보다 걸을 만했다. 밤을 새웠다는 것도 며칠째 계속 잠을 못 잤다는 것도 잊을 만큼 새벽 공기는 상쾌했다. 세상에서 내가 제일 부지런한 사람이 된 기분도 나쁘지 않았다. 이 길이 맞는 걸까 싶을 정도로 아무도 없는 길도 지나고 공사현장도 지나고 상가는 하나도 없이 주택만 모여 있는 길을 지나기도 했다.

2시간 넘게 걸으면서 별다른 생각이 들지 않았다. 언제나 그랬던 것처럼 아침 해는 예쁘게 떠올랐고 거리에 사람들이 조금씩 보이기 시작했다. 그때부터 내 발걸음도 조금 느려지기 시작했다. 딱딱한 아스팔트를 걷기에는 편하지 않은 운동화와 6권이 넘는 책과 노트북, 좋지 못한 컨디션 때문이었을까. 내가 생각한 것보다 급격하게 발걸음이 느려지기 시작했다.

정말 힘들 때면 버스 정류장에 1분 정도 앉아있다가 다시 걸었다. 생각보다 얇게 입고 나온 탓에 허벅지 부분이 따가울 정도로 추워서 오래 앉아있을 수도 없었다. 즐겨보던 좀비 영화의 한 좀비처럼 점점 해가 쨍쨍해지는 도심 한복판을 걸었다. 아주 천천히 천천히. 지도에서는 이 길을 따라 쭉 걷다가 다시 오른쪽으로 한 번만 꺾어서 다시 또 쭉 걸으면 작업실 바로 앞 지하철역까지 도착한다고 나와 있었다. 물론 쭉 따라 걷는다는 그 쉬운 말이 정말 많이 걸어야 할 만큼 길 테지만. 그때부터는 휴대폰 볼 힘도 없어서 그냥 앞만 보고 걷기 시작했다. 등교하는 학생들, 등원하는 아이들을 지나 점점 더 도심 한복판을 걸었다. 포기하고 싶다는 생각이 들었던 것도 그때였다. 주변에 온통 지하철에 버스에 택시에 심지어 킥보드까지 즐비해 있으니 더 흔들리는 것이다. 아까는 그래도 해도 뜨지 않았고 사람 한 명 없는 길을 지나왔으니 도전하는 느낌이라도 났는데 이제는 내가 뭘 하고 있는 건가 싶은 것이다.

도대체 이걸 통해서 내가 얻는 건 무엇이지?

그나저나 지금 이 길은 맞는 걸까 싶어서 한 시간 만에 지도를 확인했을 때 울컥하지 않을 수가 없었다. 출발하기 전에는, 그리고 조금 걸었을 때도 아직 한참 남았던 목적지 근처에 내 위치가 표시되는 게 아닌가. 이제는 걸어가야 할 길보다 걸어온 길이 한참 더 길었다. 한 시간 정도만 더 걸으면 도착할 수 있을 만큼. 지도에 표시된 내 위치를 확인하고는 다시 힘을 내 걷기 시작했다. 물론 힘을 내고 다시 걸었다고 해서 또 포기하고 싶은 순간이 찾아오지 않은 건 아니다. 걸음은 훨씬 더 느려지기 시작했고 주변엔 단숨에 나를 목적지까지 데려다줄 것들이 여전했으니까. 지금까지 걸어온 길이 아쉬워서라도 꼭 해내고 싶었다. 마침내 작업실로 가기 전 마지막 횡단보도 앞에 도착했다. 이것만 건

너면 이제 끝이구나, 하는 생각을 하면서 주변을 둘러보았다. 출근하는 사람들, 이제 막 문을 열기 시작한 가게들, 공부하러 가는 학생들, 어딘가로 향하는 자동차까지 세상 역시 하루를 시작하고 있었다.

다른 사람 눈에는 나도 이제 막 하루를 시작한 사람처럼 보였을 것이다. 4시간 가까이 걸어서 지금 횡단보도에 도착했다는 사실은 아무도 모를 것이다. 포기하고 싶었던 순간을 잘 이겨내고 도착한 마지막 횡단보도 위에서 생각했다. 나는 그동안 포기하고 싶은 순간이 찾아올 때마다 내가 나약하다고 생각한 적이 많았다. 남들은 다 견디는 거 같은데 왜 나는 견디지 못하는 것인지. 이제 시작했을 뿐인데 왜 그렇게 힘든 것인지. 온갖 이유가 포기하고 싶어 하는 나를 괴롭혔지만 4시간 동안 걸어서 출근하면서 느낀 건 반대였다. 포기하고 싶은 순간이 찾아온다는 건 내가 그만큼 열심히 했다는 뜻이었다는 걸. 이제 막 시작했는데 포기하고 싶은 생각이 든 게 아니라 목적지 근처까지 최선을 다해서 달려왔기 때문에 포기하고 싶은 생각도 드는 거라는 걸. 가볍게 시작했던 게 나 자신과의 싸움으로 이어졌기 때문이라는 걸. 다시 모든 걸 놓아버리고 싶은 순간이 찾아오면 그동안 열심히 했다며 나를 다독여볼까 한다. 잠깐 멈추었다가 그동안 해왔던 것처럼 다시 천천히 걸어가볼까 한다. 포기하고 싶은 생각이 드는 건 내가 최선을 다하고 있다는 뜻이니까. 그날은 종일 남들보다 느리게 걸었지만 기분이 나쁘지 않은 하루였다.

이제는 연락하지 않는 사이

Contact

요즘 들어서 알게 된 내 모습 중 하나는 내가 사랑하는 사람들과 무언가를 공유하는 걸 좋아한다는 것이었다.

아름다운 곳에 사랑하는 사람을 데려가고 맛있게 먹은 음식을 직접 만들어주고 싶어 하는 사람이라는 건 알았지만, 그 모든 게 공유하고 싶은 마음에서라는 건 깨달은 지

오래되지 않았다. 그런 공유의 형태는 인간관계에도 그대로 적용됐다. 예전에는 연락 없는 친구에게 먼저 연락을 자주 하고는 했었다. 뭐 하냐고 묻거나 술 마시자고 불러내기도 하고 별일 없냐고 묻기도 했었는데 어느 순간부터는 그런 일이 줄어들었다.

이유는 하나였다. 내가 연락하지 않으면 절대 먼저 연락하지 않는 모습을 보면서 지치는 기분이랄까. 물론 이유가 있을 수도 있다. 하지만 만남은 인연이고 관계는 노력이라는 말이 있는 것처럼 어느 정도의 노력은 필요한 법인데 그런 게 하나도 느껴지지 않을 때가 있었다. 나도 평소에 연락 없는 친구에게 뜬금없이 뭐 하냐고 물어보는 게 그렇게 쉬운 성격은 아니다. 오래 고민하고 최대한 노력해서 먼저 연락했던 건 그 관계를 잘 유지하고 싶은 마음 때문이었다. 정말 오랫동안 먼저 연락했으면 한 번쯤은 나를 찾아줄 법도 한데 전혀 그런 일이 없을 때가 있다. 자신이 기분 좋거나 무슨 일이 있지 않은 이상 먼저 연락하지 않는 모습은 어딘가 좀 지치게 만든다. 정말 가끔 오는 연락도 목적성이 다분한 연락뿐이니.

이제는 그런 친구에게 먼저 연락을 하기보다는 나를 위한 시간을 보낸다. 집을 치우거나 책을 읽거나 운동을 하거나 커피를 내린다. 조금 더 시간이 남는다면 맛있는 커피를 마시러 카페에 가거나 산책을 오래 한다. 먼저 연락하지 않으면 단 한 번도 연락하지 않는 사람을 보기 위해 애쓰는 것보다 언제 만나도 좋은 사람들을 만나는 게 더 행복하다. 인간관계를 대하는 자세가 조금씩 달라지고 있음을 느낀다. 나도 편하게 지내고 싶다.

너무 속상해하지 마
그래도 난 알잖아

Don't be upset

세상에는 뜻대로 되지 않는 일이 많다. 그중에 내가 어찌할 수 없는 가장 큰 존재는 역시 사람이지 않을까. 사람과 관계를 맺으면서 살아갈 수밖에 없는 인간이라는 존재에게 사람만큼 뜻대로 할 수 없는 것도 없다는 생각을 자주 한다.

동네 작은 술집에서 오랜만에 친구를 만나는 날이었다.

마지막으로 만난 게 일 년도 훌쩍 지났으니 밀린 이야기가 가득했다. 그 친구의 소식은 알고 있었다. 작업실 이사를 하고 싶어서 부동산 이곳저곳을 둘러보는데 그 친구가 운영하던 망원동 사옥이 떡하니 나와 있는 게 아닌가. 일이 잘 안 풀리는 건가 싶어서 찾아봤더니 다른 동네로 사업을 확장했었는데 그곳도 다른 사람이 운영하는 것 같았다. 서비스업을 하던 친구라 코로나가 유독 걱정됐었는데 버티고 또 버티다 문을 닫은 모양이었다. 어떻게 지내느냐고 연락 한번 해보고 싶었지만 혼자만의 싸움을 시작한 것 같아서 멀리서 응원할 뿐이었다. 어떤 사람은 그 친구보고 실패했다고 말할지도 모르겠으나 내 생각은 좀 달랐다. 자신이 최선을 다해서 준비한 일이 잘 안 되었을 때, 그냥 잘 안 된 게 아니라 정말 밑바닥까지 내려갔을 때, 그 속에서도 깨달음을 얻어서 세상에 없는 걸 만들어낼 사람이었으니까.

그날 술자리는 늦게까지 이어졌다. 예상했던 것과 비슷한 시간을 보냈다고 했다. 버틴다고 계속 버텨봤는데 코로나가 장기화되자 더는 운영이 힘들어져서 다 처분했다는 이야기를 전했다. 그리고 그 과정에서 사람들에게 너무 많은 상처를 받아서 몇 달간 아무도 만나지 않았다는 말도 덧붙였다. 제일 믿었던 사람이 배신을 하기도 하고 진절머리 날만큼 정말 많은 일이 있었다고 했다. 지난 일을 떠올리는 그 친구의 표정만으로도 어떤 시간을 보내왔는지 어림잡아 느낄 수 있을 정도였다. 가만히 이야기를 듣다가 술 한 잔 따라주며 이렇게 말했다.

"너무 속상해하지 마. 그래도 난 알잖아.
네가 어떤 사람인지 옆에서 다 지켜봤으니까."

서울 한복판에 자신의 회사 이름이 달린 건물 두 개를 운영하기 전에 정말 사람 세 명이 딱 앉을 수 있던 곳에서부터 그 친구를 지켜봤었다. 함께 작업도 자주 하면서 그 친구가 다른 사람을 얼마나 진심으로 대하는지도 아주 오래전부터 알고 있었다. 세상 사람들이 모두 그 사람을 오해하고 손가락질하더라도 최소한 나만큼은 그 친구는 그럴 사람이 아니라고 말할 수 있었다. 아쉬운 만남이 끝나고 집으로 돌아가는 길에 내가 했던 말이 계속 생각났다. 어쩌면 네가 어떤 사람인지 옆에서 다 지켜봤으니 괜찮다는 말은 친구뿐만 아니라 우리 모두에게 필요한 말이 아니었을까.

　살아가다 보면 정말 별의별 일을 다 겪는다. 누군가가 나를 오해하기도 하고 이유 없이 미움을 받기도 하고 친절하게 대했더니 오히려 이용하기도 하고 또 진짜 나쁜 사람인데 오히려 나보다 더 행복하게 잘 사는 것처럼 보일 때가 있다. 대부분 그런 고통은 사람 사이에서 얻는 고통이다. 뭐 그런 사람이 있느냐면서 안 좋은 소리를 하다가도 집으로 돌아가면서 나도 모르게 나를 탓하게 되는 그런 날. 그럴 때일수록 기억해야 하는 건 나에게 어떤 일이 일어나든 내가 어떤 사람인지 처음부터 지켜본 그런 사람이 내 곁에 있다는 사실 아닐까.

　"너무 속상해하지 마. 난 그래도 알잖아.
　네가 어떤 사람인지 옆에서 다 지켜봤으니까."

　그렇게 말해줄 수 있는 사람 말이다.

서점에서 만난 사랑
Bookstore

글을 쓰는 일이 직업이 되고 달라진 점이 하나 있다. 서점을 예전만큼 좋아하지 않게 됐다는 것이다. 몇 시간씩 앉아 있고는 했는데 지금은 조금만 구경하더라도 숨이 턱 막힌다. 이제는 책을 소비하는 사람이 아니라 만들어내야 하는 사람이니까. 이렇게 많은 사람 사이에서 어떻게 살아남을 수 있을까 하는 그런 고민이 머리를 가득 채운다.

그날도 일 때문에 서점에 갔었다. 참고해야 할 책이 있는데 오프라인으로 만져보고 사는 게 좋을 것 같아서 찾아간 거였다. 하루에도 수많은 책이 쏟아져 나오고 그 책 중에서 사람들의 사랑을 받는 건 극히 일부다. 내가 과연 그 일부가 될 수 있을까 하는 생각을 하면서 책 몇 권을 집었다. 그러다 문득 내 모습이 서글퍼 보여서 읽고 싶은 책도 한두 권 샀다. 그날 서점에는 유독 사람이 많았다. 계산하는 곳에 길게 이어진 줄 틈에서 나도 내 차례를 기다리고 있었는데 그때 뒤에서 한 부부의 대화가 들려왔다.

"이거 사려고 했던 거 맞아?
원래 얘기한 거랑 다른 책 같은데?"

"이거 맞아."

"여기 와서 이 책이 땡긴 거야?"

"응, 이런 부류의 책을 읽고 싶었어."

"알겠어. 그럼 내가 기다렸다가 계산할게.
조금 더 구경하고 있어."

바로 뒤에서 들리던 대화와 손에 들고 있는 책을 통해 유추해봤을 때 상황은 그랬다. 어떤 책이 사고 싶다는 말에 함께 서점에 왔는데 남자가 고른 책이 여자가 생각했던 것과 달랐던 것이다. 그리고 그냥 달랐던 것이 아니라 보통 사람은 쉽게 보지 않을 것 같은 책이어서 아내는 재차 그 책이 맞는지 물어보는 거였다. 누가 봐도 그 책은 사람들이 쉽게 보지 않을 것 같은 책이었다. 아랍과 관련된 책처럼 보였는데 표지도 그림이 가득해서 어떤 내용의 책인지 곁눈질로 봐서는 알 수 없는 책이었다. 매대에 있는 게 아니라 서가 어딘가에 꽂혀 있을 것 같은.

남자는 서점을 더 둘러보려는지 내 시야에서 사라졌다. 계산을 기다리던 여자는 사람들이 쉽게 보지 않을 거 같은 책을 소중하다는 품에 들고 서 있었다. 그 모습이 얼마나 보기 좋았는지 두 사람은 알까. 사람들이 쉽게 읽지 않을 것 같은 책을 들고 온 남편이 이런 부류의 책이 보고 싶었다는 말 한마디에 고개를 끄덕이는 모습. 직업병처럼 서점에서 느낀 불안이 한 번에 다 사라질 만큼 화사한 모습이라는 걸 알고 있을까. 서점에서 만난 두 사람을 보면서 사랑의 또 한 가지 모습을 알게 됐다. 사랑하면 상대방의 취향에 대해서 뭐라고 하는 일이 없다. 왜 그런 걸 좋아하냐고 말하는 일 없이 그저 그 사람의 취향을 나도 좋아하게 되거나 좋아하지 않더라도 고개를 끄덕여준다. 뜬금없이 사실 나는 좀비 영화를 엄청 좋아한다고 말하더라도 서가에서 겨우 꺼내와야 하는 책을 골라오더라도 남들은 다 즐기는 서점에서 나처럼 혼자 침울해 있어도 다 괜찮다며 고개를 끄덕여준다. 사랑하는 사람이니까.

사랑하다 보면 꼭 찾아오는 시기

Period

두 사람이 만난다. 그리고 사랑을 시작한다. 서로 연인이 되고 난 뒤로는 모든 것이 새롭게 보이고 모든 것이 아름답고 두근거리는 날의 연속이다. 하루가 흐른다. 이틀이 지나고 한 달이 지난다. 밤늦게까지 통화하는 게 즐겁다. 어디를 갈지 무슨 옷을 입고 나갈지 고민하는 시간조차 행복하다. 100일을 축하하고 1주년을 챙기고 시간이 정직하게 흐르다 보면 이제는 그 사람의 모든 것이 어느 정도 예상 가능해진다. 자주 입는 옷부터 말투까지 다. 가끔은 다투기도 할 것이다. 서로 맞춰가야 할 부분과 존중해야 할 부분이 하나씩 보이기 시작한다. 두근거리던 마음은 조금씩 줄어들기 시작한다. 새롭고 신비롭고 불타오르던 사랑은 그렇게 안정기로 접어들기 시작한다. 점점 두근거리는 마음보다는 익숙함과 편안함이 더 커진다.

보통의 연애가 흘러가는 과정이다. 첫 만남의 두근거림과 연애 초반의 신선함을 영원하게 해주는 묘약은 없다. 인간은 적응을 잘하는 동물이기 때문에 사랑 앞에서도 예외는 없다고 생각한다. 설렘이 줄어들고 익숙함이 커졌을 때 새로운 사랑을 찾아 나서는 사람도 있을 것이다. 반면에 나처럼 이별할 중대한 이유가 있지 않은 한 자신이 선택한 사람과 함께 어떻게든 사랑을 뜨겁게 유지하고자 하는 사람도 있을 것이다. 편안함과 익숙함이 지루함과 권태로 이어지게 하고 싶지 않은 사람들.

나는 새로운 것들이 익숙해지는 딱 그 시점을 '사랑의 갈

림길'이라고 부른다. 그때를 어떻게 보내느냐에 따라 그 사랑의 앞으로 모습이 결정된다고 해도 과언이 아닐지도 모른다. 내가 찾은 방법 중에서 가장 좋았던 건 취미를 공유하는 거였다. 흔히 같은 취미를 공유하면 좋다는 이야기는 많이 들어봤겠지만 중요한 것은 여기서 말하는 취미가 꼭 거창해야 하는 건 아니라는 점이다. 연인과 함께할 수 있는 무언가를 만들면 좋다는 이야기를 들었을 때 꼭 거창한 것을 해야만 할 것 같은 기분이 든다. 하지만 서로 커피를 좋아해서 예쁜 카페를 찾아간다든가 이미 종영된 드라마지만 재밌다고 들었던 드라마를 같이 봐도 좋다. 운동을 함께 배워도 좋고 캠핑을 하러 가도 좋고 특정한 장르의 영화를 공유해도 좋다. 어떤 것이든 다른 것보다 조금 더 깊게 공유할 수 있는 것을 만들기만 하면 된다.

반복적인 일상 속에서 연애마저 비슷한 모습으로 흘러가면 자칫 연애 역시 미지근해질 수도 있다. 취미를 공유하는 게 가장 좋은 방법이라고 생각했던 건 점점 대화가 많아지는 걸 스스로도 느낄 수 있었기 때문이다. 이 카페에 가볼래? 그 영화 봤어? 내일은 우리 둘 다 운동 잘 됐으면 좋겠다. 이번에 캠핑 장비 새로 하나 살까? 마치 어린 시절 친구처럼 이야기할 게 점점 많아지기 시작하고 그 이야기는 서로에 대한 관심과 애틋함으로 이어지기도 한다. 사랑을 하다 보면 누구에게나 찾아올 수 있는 갈림길에서 함께할 수 있는 취미를 만들어보길 바란다. 혼자 해도 즐거웠던 걸 사랑하는 사람과 함께한다면 얼마나 행복하겠는가.

상대방의 마음을 여는 방법
Open one's mind

시대가 변하면서 공중파 방송의 예능도 점점 다양해지기 시작했다. 이제는 육아, 결혼 생활, 혼자 사는 사람의 하루 등 사람 냄새나는 예능이 많아졌다. 전진과 류이서 부부도 그렇게 알게 됐다. 부부 생활을 보여주는 한 프로그램에서 우연히 봤다가 둘의 모습이 너무 아름다워서 챙겨보게 된 경우다.

그날 방송에서 두 사람은 어딘가로 함께 향하고 있었다. 15년 동안 승무원 생활을 하고 은퇴한 류이서 씨가 후배가 운영하는 스튜어디스 학원에서 짧은 강의를 하는 내용이었다. 이제 막 승무원을 꿈꾸게 된 사람들 앞에서 도움이 됐으면 좋겠다면서 시작한 이야기는 컴플레인에 대처하는 자세였다. 누군가가 불만을 이야기했을 때 그걸 해소하는 방법으로 네 가지 단계를 말했는데 첫 번째 단계를 듣자마자 그래, 그래 하면서 고개를 끄덕였다.

그녀가 첫 번째로 이야기한 것은 경청이었다. 상대방의 말을 자르거나 끼어들지 않고 끝까지 다 들어주는 게 가장 중요하다는 이야기를 했다. 어떤 말을 하고 싶더라도 꼭 끝까지 다 듣고 나서 그제야 이야기를 해야 한다고. 그 말을 들으면서 고개를 격하게 끄덕였던 건 생각보다 누군가의 말을 경청한다는 게 정말 어렵기 때문이다. 나는 직업 특성상 여러 사람을 다분히 만날 수밖에 없다. 많은 사람을 만나고 또 그런 상황에 놓이면서 느낀 건 정말 대화 방식이 가지각색이라는 것이었다. 어떤 사람은 자신이 말하는 것만큼 상대방의 이야기를 듣지 않는다. 또 어떤 사람은 상대방의 이야기를 듣고 있는지도 모르겠고 본인의 생각도 조금밖에 말하지 않는다. 어떤 사람은 누군가의 말이 끝나기도 전에 말을 가로채더니 자신의 이야기를 한참 하기도 하고 또 어떤 사람은 적절한 반응을 하지 못해서 대화가 뚝 끊기는 경우도 있다. 많은 사람을 보면서 나 스스로를 검열했던 적이 많았다. 내 대화 방식은 어떨까? 나는 과연 누군가의 이야기를 경청하는 사람일까?

어려운 것일수록 잘해보고 싶은 마음이 생기는 버릇 때문에 잘 듣는다는 게 과연 무엇인지 꽤 진지하게 고민한 적이 많았다. 그러다 하나 알게 된 건 누군가의 이야기를 '듣는다'는 것과 '경청'한다는 것이 사전적인 정의로도 조금 다르다는 것이다. 듣는다는 게 정말 다른 사람의 말을 받아들인다는 것을 뜻하는 반면, 경청은 듣기만 하는 것이 아니다. 말의 내용에서 그치는 게 아니라 내면에 깔려 있는 동기나 정서에까지 귀를 기울여 듣는 것을 뜻한다. 나는 당신의 이야기를 잘 듣겠다며 자세를 고쳐 앉고 눈을 동그랗게 뜨더라도 그건 그냥 듣는 행위를 위한 기본적인 과정일 뿐이다.

나도 아직 누군가의 이야기를 경청한다는 게 잘은 안 되지만 듣기 위한 기본적인 행동들을 한 후에 한 가지가 더해진다면 조금 더 경청에 가까워지지 않을까 생각한 적이 있었다. 그 한 가지는 상대방의 이야기가 다 끝나고 적절한 질문을 하는 것이다. 그때 어땠어? 그 뒤에는 어떻게 됐어? 너는 그때 어떻게 행동했어? 상황에 맞는 적절한 질문을 섞어주면 이야기가 더 깊어질 뿐만 아니라 상대방이 내 이야기를 경청하고 있다고 느낄 수 있다. 대화가 더 깊어질 수도 있고. 생각해보면 그런 사람들이 있지 않은가. 자꾸 나도 모르게 더 솔직해지게 만드는 사람. 가벼운 마음으로 시작한 대화를 진심으로 끝내게 만드는 사람. 그런 사람들은 보통 이야기를 잘 들어주고 내 이야기가 끝날 때마다 적절한 질문으로 마음의 문을 열어주고는 했었다. 한 사람의 말을 끝까지 듣는 것. 그리고 난 뒤에 적절하게 그 사람에게 이것저것 물어보는 것. 어쩌면 상대방의 마음을 여는 가장 빠른 방법이자 가장 위로되는 행동이 아닐까.

냄새로 기억되는 기억들

Memory

최악의 삶을 살고 있는 것처럼 느껴지는 날이 있다. 안 좋은 일이 몰아서 일어나거나 도무지 어떻게 해야 헤쳐나 갈 수 있을지 알 수 없을 때. 차라리 포기하는 게 더 편하게 느껴지거나 이유도 없이 도망가고 싶을 정도로 울적할 때. 그럴 때 어떤 사람은 친구에게 털어놓기도 하고 술을 마시 기도 하고 운동을 하기도 한다. 나도 보통은 그러는 편이지만 그런 것만으로 해결이 되지 않을 땐 편의점으로 가서 회색 던힐 1mm 한 갑을 산다.

편의점 문을 열고 나오자마자 담배의 비닐을 벗긴다. 그리고는 담뱃갑 안의 냄새를 깊게 맡는다. 다시 또 담뱃갑 안의 냄새를 깊게 맡는다. 몇 번 정도 그런 행동을 반복한 뒤에 다시 주머니에 넣는다. 흡연을 하지 않지만 그럼에도 담배를 사는 이유는 냄새를 맡으면 마음이 조금 안정되기 때문이다. 여행 다녀올 때마다 선물 뭐 필요하냐는 질문에 아빠는 다른 건 다 됐으니 담배만 사다 달라는 말을 하고는 했었다. 아빠가 평생 피우던 담배를 사서 냄새를 맡는 것만으로도 마음이 편안해진다.

고등학교 3학년 때까지 아빠와 같은 방에서 잤다. 내 기억으로는 고등학교 입학하기 전까지는 손을 잡고 잤었던 걸로 기억한다. 새벽에 잠에서 깨서 얼굴을 만질 때면 항상 아빠 손에서 나던 담배냄새가 나고는 했는데 기분이 나쁘기는커녕 오히려 편안해졌다. 내 손에서 나던 냄새는 간접흡연을 할 때처럼 기분 나쁜 냄새가 아니었다. 손을 씻고 또 씻어서 어쩔 수 없이 배어 있는 그 냄새. 담뱃갑 안에서 나는 냄새와 비슷했다. 내 옆에서 자고 있는 모습만 봐도 무슨 일이 생기면 나를 꼭 지켜줄 것처럼 느껴지고는 했다. 이제 아빠는 이 세상에 없지만 삶이 최악이라고 느껴지는 날 아빠가 피우던 담배 냄새를 맡는 것만으로도 그때 기억이 바로 살아난다. 그럼 어떤 것으로도 진정되지 않았던 마음이 조금은 진정된다.

유독 냄새로 기억되는 기억들이 있다. 어떤 냄새를 맡으면 단번에 과거의 한때로 거슬러 올라간다. 또 평소에 전혀 생각하고 있지 않았던 일들인데 갑자기 떠오르기도 한다. 커피를 만들고 난 찌꺼기 냄새를 맡으면 누나와 같이 카페를 할 때가 생각나고 어떤 향수 냄새를 맡으면 한참 꾸미고 다닐 때가 생각나기도 한다. 또 빗물이 고인 곳에서 물비린내가 날 때면 어린 시절에 비를 맞으면서 가족들과 함께 집을 가던 기억이 떠오르기도 한다.

왜 유독 냄새로 기억되는 기억들이 있을까 싶어서 알아봤더니 실제로 가능한 일이란다. 후각을 이용해서 기억을 저장하는 방식은 청각이나 시각과 달리 기억과 감정을 정리하는 뇌 영역에 밀접해 있기 때문에 어떤 냄새를 맡으면 어떤 기억이 되살아난다고 한다. 정말 좋은 순간이 있다면 그때 냄새를 깊게 맡는 것도 좋겠다. 먼 훗날 내 삶이 최악이라고 느껴지는 날 문득 행복했던 그때가 떠오르게끔.

사랑하기 때문에 더 어려운 것
Difficult

"몇 동 몇 호지? 메시지 남겨놔 줘.

일 끝나고 바로 출발할게."

낮에 친구 결혼식이 있었다. 일정이 있어서 인사도 제대
로 못 하고 작업실로 출근했다. 저녁에 결혼한 친구네 집에
서 몇 명 안 되는 사람끼리 술 한잔할 거니 꼭 오라는 말이

생각나서 메시지를 보낸 것이다. 처음엔 가지 않으려고 했었다. 아침부터 결혼식 때 입을 옷을 차 뒷자리에 챙겨두고 분주하게 다닐 만큼 바빴던 날이라 쉬고 싶었다. 그래도 가야겠다고 마음먹은 건 결혼식 사회까지 볼 만큼 가까운 사이인데 인사도 제대로 하지 못하고 나온 게 마음에 좀 걸렸기 때문이다.

5개월 만이다. 14년 동안 살았던 동네를 떠난 지 5개월 만에 다시 내가 살던 동네로 가고 있었다. 친구의 신혼집은 내 인생에서 가장 오래 살았던 집 바로 앞에 새로 지은 아파트다. 그 아파트를 분양받았다는 이야기를 처음 들었을 때 정말 친한 친구가 우리 집 바로 앞으로 이사 온다는 사실에 얼마나 기뻤는지 모른다. 편의점 앞에서 같이 맥주를 마시는 상상을 하고는 했지만 그 친구가 입주하기 한 달 전에 오래 살던 동네를 떠나 새로운 곳에 자리를 잡게 됐다. 동네는 여전했다. 신축 아파트에 사람들이 입주를 한 덕분에 어둡던 거리가 밝아졌다는 거 빼고는 그대로였다. 신혼집은 새로 지은 아파트답게 넓고 깨끗했다. 몇 가지 안주와 실없는 소리가 이어졌지만 늦게까지 무언가를 할 수 있는 시기가 아니니 그날 소소한 술자리도 일찍 끝났다. 다음에 또 보자는 말을 건네고 먼저 주차장으로 향했다.

사람이 많이 없는 동네라서 대리 기사님이 아무리 빨리 와도 20분은 걸린단다. 기다리는 동안 내가 살았던 집에 가보고 싶었다. 정확히는 내가 살았던 집보다는 주차장에 가보고 싶었다. 아직 정리하지 않은 아빠의 오토바이가 그 자리에 그대로 세워져 있었다. 오토바이를 멀리서 보자마자 그 자리에서 울기 시작했다. 주차는 오토바이가 더 편하다면서 평소 차보다 오토바이를 좋아했던 아빠. 몸이 많이 안 좋아졌을 땐 지금 오토바이가 너무 크고 무겁다면서 작고 가벼운 걸로 바꾸고 싶어 했던 아빠. 아빠가 여전히 이 집에서 그대로 살고 있는 것 같은 기분이 들었다. 그 자리에 그대로 있는 물건이 부재하고 있던 아빠를 다시 존재하게 하는 기분이랄까. 안도감에 아이처럼 울면서 가까이 다가갔을 때 아까보다 더 크게 울 수밖에 없었다. 오토바이에 먼지가 가득 쌓여 있었다. 누군가에게는 그냥 먼지였겠지만 나한텐 먼지가 내가 사랑하는 사람이 이 세상에 없다는 걸 확실하게 보여주는 증거처럼 느껴졌다.

차로 돌아가서 뒷자리에 있던 재킷을 들었다. 친구 결혼식 사회 본다고 며칠 전에 새로 산 정장이었다. 그 정장 재킷을 들고 다시 주차장으로 내려가 아빠 오토바이를 미친 사람처럼 닦았다. 더는 닦이지 않을 만큼 정장 재킷이 더러워졌을 땐 내가 입고 있던 재킷을 벗어 다시 닦았다. 그렇게 오토바이가 깨끗해질 때까지 계속 닦았다. 자주 사용해서 먼지 쌓일 틈 없는 것처럼 보이기 시작했을 때 휴대폰을 꺼내 전화를 걸었다. 2년 전에 해지했어야 하는데 지금까지도 요금을 내고 있는 전화번호였다. 오토바이가 깨끗해지면 휴대폰에서 다정한 목소리가 들려올 것 같았지만 야속하게 전원이 꺼져있다는 안내만 들렸다.

짧지만 강렬한 시간이 지나고 다시 차로 돌아왔을 때 친구네 부부가 내 차 앞을 서성이고 있었다. 먼저 간다고 인사까지 했는데 차는 세워져 있고 사람은 없고 전화는 받지 않으니 무슨 일이 있는 건가 싶어서 앞에서 기다렸단다. 마스크를 더 깊게 올려 쓰고 잠깐 살던 집 근처에 갔다 왔다고 이야기하고는 친구가 사 온 아이스크림을 먹었다. 서로 각자의 집으로 돌아가기 전까지 길 위에 서서 실없는 소리

만 늘어놓았다. 한참을 달려 집에 도착해서는 냉장고에 있
는 맥주를 꺼내 마셨다. 이렇게 높고 넓은 집에 혼자 사는
걸 원했던 게 아닌데. 좁고 낡은 집이지만 아빠랑 그 집에
서 함께 사는 게 나는 더 행복했는데라는 말을 중얼거리면
서 술만 마셨다. 집에 잘 도착했냐는 친구의 질문에도 내가
집에 조심히 가길 바라는 한 사람의 메시지에도 평소와 똑
같은 모습으로 대답하면서. 내 마음은 정말 엉망진창이었
는데 말이다.

아무리 연습하고 또 연습해도 사랑하는 사이라서 더 어
려운 것들이 있다. 차라리 한 번 보고 말 사람이라면 말해
버릴지도 모를 일이 사랑하는 사람들 앞에서는 왜 그렇게
어렵게 느껴지는 건지. 걱정시키기 싫은 걸까. 그냥 어려
운 걸까. 이유를 모르겠다. 사랑하기 때문에 어려운 게 있
다는 것만 느낄 뿐이다. 예를 들면 나 정말 힘들어, 한 번
안아줘 같은 말.

인생이라는 산책에서 필요한 것

Take a walk

단조롭기 그지없는 생활을 하고 있습니다. 요즘 같은 시기에는 누구나 다 그럴 것입니다. 함부로 무언가를 할 수 있는 상황이 아니기 때문입니다. 그나마 다행이라고 생각하는 건 반복된 일상이 견디기 괴롭지는 않다는 것입니다. 평소 제 생활과 지금 생활이 다를 게 없습니다. 영화관이나 전시회에 가지 못하고 술집에서 늦게까지 술을 못 마신다는 것 빼고는 비슷합니다. 글 쓰는 삶을 선택한 뒤로 혼자 있는 시간이 전보다 더 많아지기 시작했습니다. 글을 마음 편히 쓰려면 그만큼 일을 해야 하는 시간도 늘어났기 때문에 안 그래도 집을 좋아하는 제게 점점 더 혼자 있는 시간, 집에 있는 시간이 길어지기 시작했습니다. 그런 제가 유일하게 세상으로 나가는 걸 즐길 때가 있었는데 바로 산책할 때였습니다.

산책하면서도 글쓰기에 관한 생각과 답을 구하지 못했던 고민을 이어가겠지만 저를 기꺼이 움직이게 하는 건 산책이었습니다. 가끔 사람들이 그런 곳은 어떻게 알았냐고 물어볼 정도로 나만 알고 있는 특별한 장소가 있습니다. 그런 곳은 대부분 사람을 피해 자연 속으로 들어갔다가 알게 된 곳입니다. 이런 곳에 카페가 있었구나. 여긴 사람이 정말 없지만 그림 같은 곳이네. 이 동네는 이 음식이 유명하구나. 산책하면서 제 세상도 같이 넓어지고는 했습니다.

며칠 전 호숫가를 찾았을 때였습니다. 시간이 없다는 핑계로 미루고 미루던 곳이었습니다. 오후의 호수는 한적했습니다. 세상 그 어떤 나쁜 사람이 작곡하더라도 평화로운 노래밖에 만들지 못할 것 같은 공간이었습니다. 늦은 시각에 도착한 터라 안전상의 이유로 호수 한가운데 있는 흔들다리는 건널 수 없다고 했습니다. 아쉬운 마음으로 짧은 산책을 끝내고 주차장으로 향하는데 빗방울이 하나씩 떨어지기 시작했습니다. 그렇게 맑던 하늘이 별안간 어두워지기 시작하더니 점점 빗방울이 굵어졌습니다. 무사히 도착한 차에서 우산을 꺼내 화장실로 향했습니다. 손을 씻고 나온 화장실 입구에는 사람들이 모여 있었습니다. 점점 더 거세지는 빗줄기 탓에 비를 피하러 모인 사람들이었습니다. 우산은 제가 가진 거 하나뿐이었으나 사람은 여섯 명이나 있었습니다.

그들 사이를 지나 차로 돌아왔을 때 자꾸 신경 쓰이는 눈빛이 있었습니다. 행렬 사이에서 가장 앞에 있던 모녀였습니다. 할머니와 어머니 나이쯤이었던 두 사람의 눈빛이 자꾸 신경 쓰여서 쉽사리 출발할 수가 없었습니다. 차에 여분으로 둔 우산이 하나 더 있으니 이거면 두 사람에게 잠깐 빌려주는 것쯤은 괜찮을 거라는 생각이 들었습니다. 우산

빌려드릴까요? 그 말을 건네자마자 고맙다는 대답이 돌아 왔습니다.

안 그래도 아이가 기다리고 있어서 우산 좀 빌려줄 수 있냐고 물어보려고 했었답니다. 얼마 지나지 않아서 자신의 차에서 가져온 우산을 쓰고 제가 빌려준 우산은 다시 저에게 돌려주셨습니다. 이제 그곳을 떠나면 되는데 어떻게 남은 네 사람을 모른 척할 수 있을까요. 뒷사람에게도 똑같이 우산을 빌려줬습니다. 또 얼마 지나지 않아서 자신의 차에서 가져온 우산을 쓰고 제 것은 저에게 돌려주었습니다. 이제 마지막 두 사람만 남았습니다. 그들은 제가 이야기를 하자마자 괜찮다고 했습니다. 차가 멀리 있어서 돌아오는 데 오래 걸릴 것 같으니 좀 기다리겠답니다. 내 호의를 거절한 것 또한 호의였고 비 역시 조금씩 그치고 있었으니 기분 좋은 마음으로 시동을 걸었습니다. 우산을 꺼내고 왔다 갔다 하느라 젖은 머리를 털고 있는데 언제 비가 내렸냐는 듯이 순식간에 하늘이 맑아지기 시작했습니다. 그제야 두 사람은 다행이라는 표정으로 어딘가로 걷기 시작했습니다. 점점 멀어지는 두 사람을 보면서 생각했습니다.

우리 삶에도 소나기 같은 일은 매일 일어납니다. 소나기에 젖지 않기 위해서 우산을 준비하는 것도 좋지만 정말 우리에게 필요한 건 비를 막아줄 우산이 아니라 비가 오더라도 옆에서 함께 웃어줄 사람이 아닐까요. 그런 사람 한 명 있다면 인생이라는 산책도 그다지 두려운 일은 아닐 거라는 생각을 했습니다.

아니라고 말할 수 있는 용기
Courage

자려고 누웠을 때나 샤워를 하거나 버스 창밖을 바라보다가 문득 떠오르는 것들이 있습니다. 여러 생각이 떠오르지만 내가 왜 그런 말을 했을까 하는 생각이 떠오를 때도 많습니다. 필요 이상으로 많이 말한 것 같아서 후회되는 순간이 있는 반면에 말하지 않아서 후회하는 경우도 있습니다. 누군가를 좋아하는 마음을 서툴게나마 표현하지 못한 순간도 있겠지만 그것보다 더 자주 생각나는 건 불합리하다고 생각되는 상황에서 침묵했을 때입니다.

부당하다고 느끼거나 이건 아닌데 하는 생각이 들었을 때 어떤 말도 하지 못한 적이 많았습니다. 순발력이 없어서 그런 건지 좋은 게 좋은 거라는 말을 들어서 그런 건지는 모르겠습니다. 중요한 건 그런 순간에 의사 표현을 하지 못하면 밤마다 그렇게 생각이 난다는 겁니다. 어릴 때 이런 일이 있었습니다. 그때 당시 담임선생님이 결혼을 앞두고 있었기에 학교 선생님들한테 돌릴 떡을 교실로 시킨 적이 있습니다. 아이들은 대부분 학교가 끝나자마자 집에 갔는데 저는 친구들과 노느라 반에 조금 늦게까지 남아있었습니다. 그때 선생님이 들어오시더니 떡이 두 개가 부족한데 너네 중에서 누가 떡을 먹었냐고 화를 내는 겁니다. 분명 아무도 먹지 않고 장난만 치고 있었는데 말이죠. 선생님은 누가 먹었는지 말할 때까지 의자를 들고 서 있으라고 했습니다. 그렇게 저와 친구들은 영문도 모르고 의자를 들고 서 있었습니다.

더 중요한 건 그 이후부터였습니다. 선생님께서 우리에

게 의자를 들고 서 있으라고 한 걸 잊어버린 거죠. 밖은 어두워지고 있는데 선생님은 돌아오지 않았습니다. 밤이 다 되어가는데 의자를 들고 있는 우리를 보면서 옆 반 담임선생님이 오늘은 늦었으니 우선 집에 가라는 말에 집으로 향했습니다. 다음날 알고 보니 떡 두 개가 비었던 이유는 떡집에서 실수로 잘못 보냈기 때문이었습니다. 저는 그때 제가 먹지 않았는데요, 라는 말을 하지 못한 걸 오래오래 후회했습니다. 어린 시절부터 어른이 된 지금까지 이런 일은 생각보다 빈번하게 일어납니다. 어떤 것을 사기 위해서 오래 줄을 서 있었는데 바로 앞에 누군가가 새치기를 했을 때, 뒤로 가서 줄 서달라는 말을 못 하면 그것조차도 자주 생각날 수 있습니다.

며칠 전에는 이런 일도 있었습니다. 저녁에 한 스시집에서의 식사를 예약했을 때였습니다. 초행길에 금요일이라 길이 많이 막히는 바람에 예약 시간에 9분 늦었습니다. 식사 장소로 가는 길에 모르는 번호로 전화가 왔는데 네비게이션도 봐야 하고 모르는 번호에다가 식당 번호가 아닌 010으로 시작하는 번호길래 업무 전화인 줄 알고 받지 않

있습니다. 이야기가 길어지면 더 늦어질 것 같았습니다. 알고 보니 그 번호는 스시집 전화번호였습니다. 예약할 때 저장했던 전화번호와는 다른 번호였습니다. 뒤늦게 뛰어 들어간 스시집에서 주인은 이름을 물어보더니 왜 전화를 받지 않냐면서 날이 선 말을 뱉기 시작했습니다. 초행길이고 운전 중에 심지어 모르는 번호라 받지 않았다며 죄송하다고 말했습니다. 그래도 주인은 기분이 풀리지 않았는지 노쇼인 줄 알았다, 전화를 받아야 할 거 아니냐는 이야기를 계속 늘어놓았습니다. 작은 가게 안에 있던 손님 열 명 정도가 다 저를 쳐다보고 있었고 저는 입구에 서서 계속 혼이 나고 있었습니다. 주인은 몇 마디를 더 뱉었습니다. 그래서 식사를 할 수 없다는 건가? 하는 생각이 들 때쯤 자리에 앉으라는 말을 했습니다.

자리에 앉았는데 도저히 저녁을 먹을 기분이 아니었습니다. 전화번호도 내가 알고 있는 것과 달랐고 노쇼를 하지 않으려고 예약금까지 미리 냈으며 사과도 거듭했는데 이게 과연 9분 늦었다고 이렇게까지 해야 하는 건가 싶었습니다. 그제야 주인은 자기가 너무했다는 생각이 드는지 기분이 나쁘냐고 물어보기 시작했습니다. 당연히 기분이 좋지 않으니 무표정으로 있다가 한마디를 했습니다.

"보통 자초지종에 관한 이야기가 끝나고 하실 말씀이 더 있으면 자리에 앉은 다음에 이야기를 이어가지 않나요? 다음번엔 전화를 꼭 받아달라거나 노쇼인 줄 알았다는 이야기 같은 거요. 늦은 건 정말 죄송한데 예약금도 미리 걸어 놨고 거듭 죄송하다고 말씀드리는데 아랫사람 대하듯이 문 앞에 서서 손님들 다 쳐다보는 상황에서 몇 분씩 뭐라고 하는데 누가 기분이 좋겠습니까?"

더 이야기할까 하다가 전화왔던 번호가 예약할 때 안내받았던 것과 다르다는 이야기 같은 건 하지 않았습니다. 주인은 사과라고 할 수도 없을 만큼 애매한 답으로 자신의 의견을 표명하더니 제 쪽에는 서비스를 대충 하는 것으로 마무리 지었습니다. 음식을 먹지 않고 계산하고 나가고 싶은 마음이 굴뚝 같았지만 좋은 날을 망치기 싫어서 꾹 참고 앉아있었습니다. 제가 그렇게 이야기했다고 해서 문제가 해결되는 건 아니었습니다. 그 주인도 제가 날이 선 말을 했기 때문에 저처럼 기분이 상했겠죠. 근데 만약 그날 아무런 말도 하지 않고 집으로 돌아왔다면 정말 두고두고 후회할 거 같았습니다. 제가 생각한 상식을 넘어선 대처였으니까요.

어떤 것이 맞는 처세인지는 모르겠습니다. 좋은 게 좋은 거라고 생각하면서 모든 걸 그냥 넘어가는 게 맞을지 스스로 생각하기에 부당한 상황이라고 생각하면 한 마디 하는 게 맞는 건지요. 그래도 될 수 있으면 똑 부러지게 말하는 사람이 되고 싶습니다. 이건 좀 아니지 않냐고요. 그 말 한 마디로 해결이 되진 않더라도 상대방은 기억도 못 할 일 때문에 혼자 잠 못 들기는 싫습니다. 조금씩 이건 아닌 것 같다고 느껴지는 상황에서 아니라고 말하는 연습을 하고 있습니다.

조금 느린 사람들

Slow

제가 아무리 연습해도 실력이 늘지 않는 게 있습니다. 달리기입니다. 그나마 오래달리기는 정신력으로 어떻게 극복해볼 수 있는데 단거리 달리기는 항상 꼴찌에 가까웠습니다. 신발을 벗고 달리면 좋다고 해서 그것도 해보았고 고개를 들고 달리거나 완전히 땅만 보고 달리면 좋다는 말에 그것도 해보았습니다. 하지만 어떤 방법을 써도 속도는 도무지 빨라질 기미가 보이지 않았습니다. 아무리 연습해도 나아지지 않는 걸 보면서 어쩌면 내가 다른 사람보다 조금 느린 사람일지도 모른다고 생각했습니다.

시간이 흘러도 여전히 나아지지 않던 달리기처럼 세상을 살아갈 때도 인내심이 필요한 순간이 많았습니다. 다른 친구들은 한 번에 이해하는 문제가 혼자 이해되지 않았던 적이 많았습니다. 어떤 사람은 처음 하자마자 곧잘 노래를 따라 부르기도 했는데 저는 그게 안 돼서 설소대를 자르면 발음이 좋아질까 싶어 설소대까지 잘랐습니다. 하지만 그 노래는 부를 수가 없었습니다. 저보다 늦게 시작한 친구가 저보다 먼저 세상에 나가는 모습을 뒤에서 바라보는 날의 연속이었습니다. 저는 누군가의 앞모습보다 뒷모습을 더 많이 보면서 자랐습니다. 제가 항상 뒤에 있었으니까요.

남들은 세 번쯤 만나면 연인이 된다고 하는데 저는 그렇게 이른 시간안에 연인이 되어본 적이 없습니다. 꿈도 사랑도 삶의 방식도 느릴 때가 많습니다. 이제는 이런 저 자신을 받아들였습니다. 중요한 건 늘 시간이 걸린다는 걸 조금씩 알아가고 있습니다. 하지만 이렇게 느린 사람들에게 위험한 순간이 있습니다. 하루하루 비슷한 일상이 반복되다 보면 마치 모든 게 멈춰있는 듯한 기분이 들 때입니다. 어제와 똑같은 곳에서 비슷한 일을 하고 비슷한 음식을 먹고 같은 곳에서 잡니다. 매일 무언가를 열심히 하고 있는 거 같은데 막상 눈에 보이는 결과물은 없고 모든 게 다 미지근하게 느껴질 때입니다. 미지근한 상태가 지속되면 무료한 일상은 나에게 질문을 던집니다.

"과연 너는 잘살고 있는 걸까?"

그렇게 내 삶의 속도는 다시 불만족스럽게 여겨지기 시작합니다. 그런 생각은 대부분 밤에 찾아오는 경우가 많습니다. 그럼 다시 또 다른 사람과 나를 비교하게 되고 내 삶에서 가장 못난 부분과 다른 사람이 가진 가장 아름다운 부분을 비교하기 시작할 수도 있습니다. 이럴 때 누군가는 멀리 있는 목표를 보라고 말합니다. 또 누군가는 뒤를 돌아보라고 말합니다. 얼마큼 걸어왔는지 알 수 있을 거라고요. 다 좋은 말이지만 쉬어가는 것도 멀리 보는 것도 뒤를 보는

것도 도움이 되지 않을 만큼 지금이 버겁다면 옆을 보는 것
도 좋은 방법입니다. 조금만 고개를 돌려보면 내 옆에 힘이
되어 주는 사람이 가득하다는 걸 알 수 있습니다. 내가 어
떤 모습이더라도 응원해주고 살가운 말을 주고받지 않더
라도 무슨 일이 있으면 대신 화내주는 사람들이죠. 속상한
이야기 앞에서 농담을 할 만큼 가까운 사람도 있습니다. 언
제나 내 옆에 있어 주는 사람들을 생각하며 하루하루 최선
을 다하다 보면 조금 느린 사람에게도 좋은 날은 오지 않을
까 합니다.

열심히 산다는 것

live life to the full

그런 생각을 종종 합니다. 도대체 열심히 한다는 말에서 열심히는 무엇을 뜻하는 걸까요? 어디서부터 어디까지를 열심히 한다고 표현하고 어떤 일을 해야 최선을 다하고 있다고 말할 수 있는 걸까요? 저 역시 이 질문에 대한 답을 알 수 없어서 하루를 꽉 채우는 것이 열심히 사는 거라고 생각했었습니다. 기껏해야 운동하거나 많은 사람이 좋다고 이야기하는 것을 하나씩 해보는 거였죠. 아침에 일찍 일어나서 공부하고 출근하는 것. 퇴근해서는 운동을 하러 가고 다시 또 나를 발전시킬만한 무언가를 하다가 잠에 드는 것 말고는 떠오르지 않았습니다. 그런 하루를 보내면서 과연 이게 열심히 사는 게 맞는 건가 싶은 적이 한 두 번이 아니었습니다.

책상 옆에 종이 한 장을 올려두었습니다. 어떻게 사는 게 열심히 사는 거지? 열심히 한다는 말을 다른 나라 언어로 풀어보면 시간이 오래 걸리고 힘든 일을 묵묵히 하다. 또는 힘겹게 묵묵히 걷는다는 뜻이 있다는데 이런 걸 열심히 산다고 부르는 건가? 종이 위에 이런 메모들을 남기고 다시 노트북을 바라보고 있는데 온풍기 바람에 종이가 날아가 버렸습니다. 작업실은 이미 지저분해질 대로 지저분해진 상태라 작은 종이가 쉽게 눈에 보이지 않습니다. 이럴 때 자주 사용하는 방법이 있습니다.

종이가 어디 갔는지 책상 밑까지 찾아보는 게 아닙니다. 제가 종이를 잃어버린 그곳에 잃어버린 것과 비슷한 크기의 종이를 다시 두는 겁니다. 온풍기는 왼쪽, 오른쪽, 위, 아래로 왔다 갔다 하다가 다시 또 이 종이를 날려버릴 겁니다. 새로운 종이가 날아간 쪽을 바라보면 잃어버린 종이를 찾을 수 있습니다. 한 번에 찾지 못하더라도 몇 번만 해보면 금방 찾을 수 있습니다. 종이뿐만 아니라 작은 구슬이나 동전처럼 잃어버리기 쉬운 물건이 사라졌을 때도 똑같습니다. 물건을 잃어버린 그 자리에서 똑같은 물건을 몇 번만 떨어트려 보면 찾을 수 있습니다.

어쩌면 열심히 산다는 건 이런 게 아닐까 생각했습니다. 과연 열심히 사는 게 무엇일까. 내가 지금 어떤 걸 할 수 있지? 그런 생각이 드는 순간 그 자리에서 그 생각들을 떨어트려 보는 겁니다. 그러고 나면 무언가 떠오르는 생각들이 있을 것입니다. 그게 무엇이든 간에 회의감이 드는 순간 떠오르는 것을 꾸준히 하는 게 열심히 산다는 게 아닐까 하는 생각을 했습니다. 당신은 일이든 공부든 꿈이든 당신이 선택한 건 정말 잘하고 싶어하는 사람일 것입니다. 잘하고 싶다는 마음이 커질수록 간절함 역시 커지고 불안과 의문 또한 자라나기 시작할 것입니다. 당신은 모르겠다고 말할 겁니다. 내가 잘할 수 있을지, 내가 해낼 수 있을지를요. 결과라는 건 내 마음대로 내 예상대로 흘러가지 않는 경우가 더 많습니다. 노력과 꼭 비례하는 것도 아니고 여러 가지 상황이 맞아떨어져야 하는 경우도 많습니다. 그러니 아직 오지 않은 날을 미리 걱정하거나 자신이 해왔던 것에 대한 노력을 부정하지 않았으면 좋겠습니다. 지금 할 수 있는 거. 내가 가장 잘할 수 있는 거. 열심히 사는 게 뭘까? 고민할 때 가장 먼저 떠오른 걸 하나씩 해보는 거죠. 훗날 결과가 어떻게 되든 지금 우리에게 필요한 건 내가 나를 믿어주는 일인지도 모릅니다. 한 번 안아주세요 자신을. 할 수 있을 거라고. 고생하고 있다고. 잘하고 있다고요.

당신은 당신 생각보다 강한 사람입니다.

굿나잇 편지

　우리는 서로 다른 이유로 때로는 서로 같은 이유로 잠들지 못하는 날이 있을 것입니다. 잠이 오지 않는 밤이면 어디선가 잠들지 않고 있을 나를 생각해주세요. 밤은 깊어가는데 나만 혼자인 것처럼 느껴지는 날, 저도 당신처럼 잠들지 못하고 있을 테니까요. 걱정이 있다면 그 걱정을 제게 주세요. 슬픔이 있다면 그것도 제게 주세요. 두렵고 막막하다면 제가 먼저 걸어가 볼 테니 한 발 뒤에서 따라오셔도 좋습니다. 나를 잠식하는 생각과 늦게까지 이어지던 불면은 저를 괴롭게 했었는데 이제는 그렇게 생각합니다. 어둡고 캄캄한 밤에 우리가 빛나고 있는 거라고요. 이따 잘 자요. 오늘만큼은 가볍게 잠들고 좋은 꿈 꿨으면 좋겠어요. 다음번에 만나게 된다면 잘 잤어? 라고 인사를 건네도 좋겠습니다.

　굿나잇.